U0942142

诗颂新时代

全国职工诗词优秀作品集

本书编委会◎编

中国工人出版社

图书在版编目（CIP）数据

诗颂新时代：全国职工诗词优秀作品集 / 本书编委会编 .—北京：中国工人出版社，2021.12

ISBN 978-7-5008-7805-6

Ⅰ .①诗…　Ⅱ .①本…　Ⅲ .①诗集–中国–当代

Ⅳ .① I227

中国版本图书馆 CIP 数据核字 (2021) 第 270594 号

诗颂新时代：全国职工诗词优秀作品集

出 版 人	董　宽
责任编辑	宋　杨
责任校对	赵贵芬
责任印制	黄　丽
出版发行	中国工人出版社
地　　址	北京市东城区鼓楼外大街45号　邮编：100120
网　　址	http://www.wp-china.com
电　　话	（010）62005043（总编室） （010）62005039（印制管理中心） （010）62379038（社科文艺分社）
发行热线	（010）82029051　62383056
经　　销	各地书店
印　　刷	三河市万龙印装有限公司
开　　本	880毫米×1230毫米　1/32
印　　张	7.625
字　　数	200千字
版　　次	2023年11月第1版　2023年11月第1次印刷
定　　价	50.00元

本书如有破损、缺页、装订错误，请与本社印制管理中心联系更换

序言

党的二十大是全党全国各族人民政治生活中的一件大事，也是全国广大职工的一件喜事。为深入学习贯彻习近平新时代中国特色社会主义思想，以职工原创诗词的艺术形式歌颂伟大的党、伟大的祖国、伟大的民族，激励和引导广大职工坚定不移听党话、矢志不渝跟党走，喜迎党的二十大胜利召开，2022 年 7 月至 10 月，中国企业文化促进会、中国职工文化体育协会、中国教科文卫体工会、中国海员建设工会、中国能源化学地质工会、中国机械冶金建材工会、中国国防邮电工会、中国财贸轻纺烟草工会、中国农林水利气象工会、中国职工发展基金会、《中华辞赋》杂志社等 11 家单位，共同举办了“喜迎二十大，建功新时代”职工诗词原创作品征集活动。

习近平总书记深刻指出，文化自信是一个国家、一个民族发展中最基本、最深沉、最持久的力量。文化是一个国家、一个民族的灵魂，诗词歌赋是中华优秀传统文化的瑰宝和精华。中华民族 5000 多年文明历史所孕育的中华优秀传统文化，党领导人民在革命、建设、改革中创造的革命文化和社会主义先进文化，积淀着中华民族最深层的精神追求，代表着中华民族独特的精神标识，铸就了中华民族持久而强大的凝聚力、向心力。

职工文化是提高职工职业技能素质、丰富职工精神文化生活、激发职工劳动热情和创造活力的重要工作。习近平总书记在同全国总工会新一届领导班子成员集体谈话时强调，要坚持以社会主义核心价值观引领职工，深化“中国梦·劳动美”主题教育，打造健康文明、昂扬向上、全员参与的职工文化。本次职工诗词原创作品征集活动，立足工人阶级和广大劳动者的生产生活实际，讴歌劳动者在全面建设社会主义现代化国家新征程中展现出的精神风貌，努力为实现中华民族伟大复兴的中国梦提供强大价值引导力、文化凝聚力和精神推动力。

征集活动启动以来，得到了全国各级工会和亿万职工的热烈响应，特别是各行各业的产业工会积极动员职工诗词爱好者踊跃参与。活动共收到投稿6000余篇，经过认真的初选和专家严格的评选，遴选优秀传统诗词作品100首、优秀新诗作品50首结集出版。这些作品政治方向正确、价值取向鲜明、舆论导向突出，作品质量较高，体现了各行各业的特色和亮点，展示了先进模范人物的感人事迹和高尚精神。我们有理由相信，作品集的出版，将有助于进一步激发广大职工诗词爱好者的积极性，推动新时代职工诗词创作的发展。

编委会

目录

格律诗词

新体诗

格律诗词

喜庆党的二十大抒怀

倪健民

雀跃莺歌盛会临，诗翁献礼喜长吟。
山青水绿开天地，日朗风清胜古今。
墨灿文雄凝壮志，词瑰韵雅谱唐音。
征程不忘初衷梦，万马奔腾共此心。

歌颂二十大

林 峰

熏风吹大地，万里碧云天。
渡海虹摇桨，登峰月在肩。
黄河流不老，浩气史无前。
同织中华梦，飞蹄着一鞭。

喜迎党的二十大

洪大为

金风披拂菊芳临，万里江山龙凤吟。
演迪洪畴继真脉，笃行大道贯古今。
青春正盛谱新曲，锦绣频添飞捷音。
百载初衷从未改，核心凝聚兆民心。

聆听习总书记二十大报告有感

洪大为

宏图擘画如神庥，踔厉前行又启头。
继往开来肇义象，居中揽外协箕畴。
雄心振发调六幕，大纛高张辉五洲。
圆梦有期端可待，上邦伟业炳千秋。

咏贺中共二十大召开

麦伟锋

开天辟地喜迎新，历数英明引路人。
二十大风鹏正举，五千年禹甸长春。
飞船探秘银河渡，航母扬威沧海巡。
同贺太平歌盛世，万家灯火乐无伦。

满江红·贺中国共产党第二十次全国代表大会召开

蔡瑞义

辟地开天，红船上、壮怀激烈。弘马列、拯民匡国，气冲星月。旧制推翻人振奋，农工唤起旗高揭。风雷激、星火更燎原，心如铁。

复兴路，倾热血。谋共富，贫穷减。正河山万里，赤旗飘晔。二十大长存壮志，五千年再书新页。东风荡、丽日照征途，从头越。

水调歌头·喜迎二十大

刘先华

十月群英会，擘画未来春。欣然回首，华夏功业喜盈门。航母争锋破浪，北斗凌空傲宇，重器动乾坤。一部百年史，涵育九州人。

担使命，续伟业，履征轮。锤镰擎起，前进路上赛耕耘。齐绘乡村沃野，构筑山川胜地，奋斗历精神。廿大开宏局，万里画图新。

沁园春·喜迎二十大（中华通韵）

潘利成

盛世中国，继往开来，战略复兴。走进新时代，举国上下，迎接挑战，守护和平。此乃传承，此情至甚，华夏精诚四海灵。堪瞻望，尽八方挚友，共缚苍鹰。

中华不负生灵，立世界之林得共鸣！建小康社会，已然实现，转型理念，百姓恭迎。绿水青山，尽收眼底，正是高人龙点睛。何须醉，上万层之阙，挥笔抒情！

喜迎党的二十大召开

李冠群

一自南湖挥巨手，惊嗟寰宇铸奇功。
改天换地驱寒色，消浊脱贫歌大风。
暖万民心如火热，平千层浪映旗红。
提携经济共同体，百载襟怀照碧空。

喜迎党的二十大

黄成丽

锤镰除旧世，百战定鸿蒙。
国泰临朝日，家和沐昶风。
小康因大治，伟业靠深攻。
寰宇同凉热，初心万象雄。

欢呼党的二十大胜利召开

王寿山

大会堂中聚隽英，河山万里竞莺鸣。
国歌激荡追思远，党帜高悬锐意盈。
阵阵掌声凝伟力，洋洋报告导前旌。
改天换地新时代，勾绘宏图再启程。

破阵子·喜迎党的二十大

王　旭

举国恭迎盛会，阖家围坐屏前。高铁飞驰丝路上，玉兔悠游浩宇间。辉煌铸史篇。

惠策生成福祉，人民即是江山。除恶崇廉扬正气，牢记初心任在肩。梦圆又百年。

喜迎党的二十大

杨成菊

嘉兴僻隐起红船，领导工农意志坚。
锦绣河山留伟业，光荣历史谱新篇。
同心筑起小康梦，聚力迎来大局年。
且启航程逢盛事，党徽更耀太空传。

鹧鸪天·喜迎二十大召开

谭晓红

圆梦冲锋号角鸣，挥椽俊彦聚京城。图开长卷千秋业，梦秉初心一世情。

谋福祉，系民生，南湖秋月万年明。江山永固红霞照，暖翠浮岚龙跃腾。

［中吕·普天乐］
祝贺中国共产党第二十次全国代表大会胜利召开（通韵）

周曙彬

五星闪，东风满。人心大快，喜报频传。号角鸣，功勋建。万众欢呼民心愿，领航程绮梦欣圆。复兴伟业，乘风沧海，直挂云帆。

水调歌头·企业振兴 迎接二十大

李家宁

致富源新政，造福下真功。云雷施泽，党颁良策惠黎农。田圃细心筹划，碧野瓜香果熟，繁锦胜唐风。怡情千家乐，绿韵漾芳丛。

放眼处，楼阁起，画图中。一村一品，殷实佳境乐陶充。产业波澜壮阔，生态山川映发，此地即仙宫。盛世载歌舞，击壤庆兴隆。

行香子·喜迎二十大

杨红飞

花月澄明，华夏龙腾。看锤镰、点亮曾经。红船犁浪，遵义联盟。恰得民心，顺民意，系民生。

复兴禹甸，腾超外域。战新冠、看我群英。空间建站，深海巡征。正梦同圆，魂同铸，帜同擎。

喜迎二十大有感

邬再飞

十月金风醉九州，京畿传讯喜心头。
红船引路乾坤定，廿大征途盛世修。
颂曲同歌讴伟业，玉樽共举庆丰收。
青山不老旌旗展，一片丹心福祉谋。

沁园春·喜迎二十大（二首）

王晓娴

一

放眼金秋，橘绿橙红，稻熟果香。赖中枢策妙，指明道路，人民劲足，绣美城乡。斩棘披荆，餐风饮露，破浪神舟导正航。征途上，正攀星摘月，凤翥龙翔。

遵章刮垢磨光，亮利剑蚊蝇无处藏。喜倡廉反腐，风清气正，捕狐捉虎，网密鞭长。展翅雄鹰，涅槃金凤，搏击晴空惊万方。擎旗手，把镰锤擦亮，永放光芒。

二

风卷残云，雨润千川，日丽九州。正辨明真理，分清方向，破除迷信，大展鸿猷。黑土生金，黄河泻玉，江北江南起画楼。同欢庆，喜莺歌燕舞，果醉金秋。

毒鸠成疫虽忧，更鬼怪妖魔缠不休。任西风萧瑟，寇仇联手，九州振奋，上下同仇。骏马扬蹄，雄鹰展翅，保境安民作壮游。天宫外，待嫦娥妆就，再发神舟。

迎二十大有寄

陈国宁

传承红色志何休，合聚镰锤硕果收。
廿大鸿猷昭盛世，百年伟绩振神州。
扶风玉宇鹏为翼，奋楫云程梦作舟。
弦引虞韶歌舜日，党旗高举铸金瓯。

卜算子·飞虎旅海训（通韵）

张守军

集结号声催，令下排山动。黄海滩头漫卷旗，笑与三伏共。
飞虎啸潮头，一任惊涛涌。数尽心头千万事，只有江山重。

海训夜归（通韵）

张守军

飞虎东行到海天，冰轮初照战车还。
曾经多少边关月，濯过清辉更惹怜。

二十大政治局常委瞻仰延安圣地

洪大为

薪火传承直到今，前人筚路复追寻。
会堂犹感风云气，窑洞恍闻龙虎音。
为问先贤何想望，唯期后继践初心。
江山万里发祥地，温故知新赋意深。

三八妇女节赠女文艺工作者（新韵）

王斐声

天蓝荻翠彩云轻，露润桃花分外灵。
影苑放飞乡里梦，纤毫描尽世间情。
梅兰阁里听新燕，杨柳枝头沐雅风。
一唱金鸡迓春早，馨香缕缕醉诗翁。

沁园春·筑梦兰铁

童笑艳

丝路蜿蜒，花树缤纷，商旅穿行。喜黄河云浪，流珠飞玉，动车时速，掣县驰城。瀚海楼兰，敦煌壁画，跌宕风光尽展情。览西域，叹千秋厚蕴，谱出宏声。

韶华逝水无凭，感众志披荆岁月荣。忆前贤勠力，多辛父辈，后人图志，无悔曾经。沐雪凌霜，凝心筑梦，高铁交辉耀此生。犹今日，继一番新业，壮写新程。

劳动节为女爆破工程师题照

陶树良

工装难辨女儿身，试手江南九尺尘。
号令山川随我动，苍原从此长精神。

鹧鸪天·外滩独游一

周澍均

独坐江滨望浦东，航船过往水迷蒙。
琼楼拔地明珠灿，鹭鸟凌云碧浪重。
思往昔，叹由衷，沧桑巨变傲长空。
曾经一片耕耘处，风物而今大不同。

浙江美丽乡村诗词采风

王 骏

谁撒珍珠青绿地，一珠便是一村庄。
水村溢彩皆佳景，山郭流金变画乡。
笔落能传桑野色，诗吟应逸稻花香。
欲邀陶令看生态，同写田园新韵章。

杭州国家版本馆胜利建成开馆有感

潘孙鹏

良渚古城旁，仙宫阆苑藏。
屏开山送绿，莲动水生香。
园妙赛唐宋，馆弘盈典章。
中华文脉盛，潮涌大钱塘。

新居的春天（通韵）

陈延云

紫荆谢了换桃红，柳绕高楼绿几重。
宛转东风一管笔，新村描在画图中。

铁路设计者

李　冰

河山尽在胸，万里尺规功。
帷幄蓝图阔，旌旗堑壑雄。
笔尖穿蜀道，纸上透巫峰。
已是纵横网，凝眸斗室中。

赞我国“炼铀功臣”王明健

郭文墨

一生壮志向岩头，炼铀功成贵善谋。
伏枕楚天寻梦远，置身粤岭把春留。
晴空鹤起为公舞，菇朵云开释国忧。
不忘初心豪气永，夕阳依旧暖神州。

赞郑万高铁方家庙双线特大桥建设者

郭文墨

十里横空双线桥，山间高卧仰青霄。
接天远轨匠心设，跨涧飞梁汗水浇。
数载春秋酬此地，一肩风雨逐今朝。
平生笑把巨龙舞，豪气凌云破寂寥。

咏路桥建设女工程师

郭文墨

机声隐隐搅长空，直使人间千径通。
过岭云途疑似梦，跨江桥影架成虹。
初心相逐峥嵘景，短发不妨勤苦功。
汗染衣衫金橘色，嫣然一笑与花同。

有感“春风行动”招聘会

郭文墨

就业何须若转篷，千商百企纳贤中。
几番面试才猷展，一纸嘉招意气雄。
静对厂区吟雨雪，闲临街市醉春风。
他年我地繁华景，北上广深相与同。

行香子·写给一名外勤电工师傅

刘毕新

久仰其人，负重千钧。每闻讯、背袋飞奔。不分寒暑，历尽艰辛。总细查源，速排障，力为民。

僻村闹市，同人对待。讲诚信、事事归真。问题未了，哪会抽身。赞腿之勤，情之炽，德之芬。

氐州第一·辛丑夏游江西会昌和君教育小镇

赵　化

荷影吹香，槐荫弄碧，纱窗暗透烟曙。鹊叫声圆，钟敲韵远，堂外新田半亩。溪径迂回，渐没入，幽林深处。正自嘉时，津津生意，莫思归去。

况有贤朋开牖户，更兼着，渔樵清趣。谷底泉心，山中雨色，涤净朱尘路。也歌呼、添绿蚁，逢知己，催成酒赋。愿忘形骸，与君听、蛙鸣两部。

鹧鸪天·双节感吟

钱青彦

双节巧遇忆曾经，桂香月满梦飞行。讲台三尺芝兰翠，黉舍千株桃李荣。

伴晚月，候晨星，张张试卷百神凝，善良种进田形格，心有阳光志更明。

以党员志愿者身份在广场为群众送春联有感

田素东

泼墨挥毫街市中，虬盘凤舞意无穷。
千张福字千家去，映得党旗如火红。

赞丽香高速公路金沙江大桥建设工地电焊工（中华通韵）

邓　惠

细索缠腰悬半空，云崖雪浪自从容。

焊钳在握如神笔，又为江山画彩虹。

减字木兰花·春

邓波儿

阶前新雨，恰恰夭桃红几许。风过回廊，撷我眉间一段伤。

折枝趁早，无限春光花尚好。莫待春深，深浅花时不遂心。

工装吟

何万才

历雨经风百炼身，工装抖擞倍精神。
深沉[①]本蕴英雄色，至简[①]常留岁月真。
不羡霓裳舒雅韵，唯期羽褐[②]佑红尘。
谁言默默无功烈，汗洒机台报国春。

注：①深沉、至简：工装颜色深沉，款式简朴。
②羽褐：粗布衣服，这里指工装。

富民路上卷一张
（轱辘体·新韵组诗，五首）

吴慧颖

一

富民路上卷一张，多少公仆赶考忙。
革弊先除微腐败，脱贫再著大文章。
初心往复何须解，时疫流行任可当。
最是胸中藏锦绣，生花妙笔写天长。

二

金句读来意味长，富民路上卷一张。
青山隐隐岚初试，碧水悠悠柳正妆。
写意自然谁落款，还原生态我飞觞。
临溪浣笔思将满，得蘸清流字也芳。

三

神思开挂已脱缰，笔写千秋未可量。
跃马山巅风万里，富民路上卷一张。

如临大考何为重，敢教苍生日渐康。
号角声声催小我，出征幸有纛旗扬。

四

时令秋枫色正狂，京都盛会又新装。
丹心片片红如火，笑脸盈盈暖若阳。
决策心中思万缕，富民路上卷一张。
百年大计宏图展，顺势扬帆再起航。

五

裂石声震破苍茫，信是龙腾过大江，
探海常能捞月起，巡天亦可牧云翔。
九州勠力风雷动，万众同心桂子香。
放眼山川皆愿景，富民路上卷一张。

［双调·水仙子］看全国总工会五一表彰大会有感（通韵）

杲仁华

浪涛激荡靠群源，华夏腾飞赖众贤。愚公故事今常现，英雄多万千，征途竭力登攀。（学精卫）勇填海，（学娲皇）敢补天，（喜看那）国梦将圆。

追梦行

尹世干

积弱遭凌侵，神州几陆沉。志士投笔起，喊呼赴以身。
城乡燎星火，狂涛卷乾坤。倒悬一旦解，黎元尽欢欣。
旌麾指所向，天地惊雷奔。群英洒热血，涤荡山河新。
重生震寰宇，淬火益无伦。金鸡初引啼，浩然长气伸。
风云世纪路，不移唯初心。重装再启程，更期万年春。

秋日感怀（平水韵）

南文峰

熟地有嘉景，西坡恰晚秋。
松篁依碧野，莺雀舞平畴。
苍宇拂红树，晴湖映紫楼。
清风生水意，岩岫挽溪流。
野旷板桥远，云深古寨幽。
凭高谈笑处，寒涧响汀洲。

沁园春·忆昔访井冈山

冯　如

雾起苍台，雨迫危栏，翅影渐寒。踏赣南故道，幽凉徂暑，环峰拱秀，绿带绵延。云息悠悠，松风飒飒，应合佳游上极巅。流岚散，望尘中一段，烈烈硝烟。

青山埋骨千千，犹浩叹，英魂多盛年。但江山呜咽，斯民憔悴，书窗难静，扼腕边关。红雨愁城，劲风吹角，辟道崇山破万难。忧天下，举微茫星火，重焕人间。

南水北调

高　国

绿影婆娑草木新，天清气朗润京津。

长江水舞三千里，北国安流万户春。

沁园春·圆梦

傅华辰

华夏腾飞，构想宏图，筑梦小康。忆悠悠岁月，哀鸿凄冷，茫茫梦境，志士忧伤。沧海桑田，改天换地，寻梦桃源道路长。惊雷响，喜春风化雨，大地芬芳！

人人斗志昂扬，战贫困千军意志强。赞凌云壮志，冲天豪气，脱贫奇策，致富良方。绿水青山，金银宝藏，城市乡村乐未央。新时代，展如诗画卷，再写华章！

鹧鸪天·喜迎二十大

王先贵

起桨南湖逐浪遒，复兴大计苦追求。百年不懈红旗举，数代拼将热血流。

因势起，为民谋。攻坚克险不言休。全球共赞中流柱，迈步新程上绮楼。

小村即事

王发昌

燕子归来寻旧游，绕村三匝不堪愁。

弄堂换作康庄道，一字并肩皆碧楼。

临江仙·感怀

莫松柏

沙漠丛中绿树，地平线上霞光，梅林缥缈口生浆。青春容易逝，年少莫轻狂。

记得春寒料峭，天缘际遇湘江，晓风残月喜还乡。云天从此阔，信马任由缰。

深圳咏怀（组诗之深圳风云之二）

赵庆丰

欲雨还晴五月天，云舒云卷总怡然。
山光海色无穷意，更上层楼好看船。

车水马龙里，讴歌十年间（歌行体）

黎伟云

鸡鸣三省陇南地，太白吁嚱望回川。
今有蜀道飞高速，盘龙蜿转逗群山。
入职十载车水里，微笑三班马龙间。
欲效苔花向日动，学作牡丹为国颜。
细数十年风云色，讴歌党绩众人前。
红日东升雄鸡震，霞光万道绘彩天。
扬帆大梦任海阔，北辰居处众星连。
九天揽月嫦娥现，探火祝融初梦圆。
逐日羲和向光去，天问驻泊喜报传。
川青藏线连通日，驼铃悠悠爨漠烟。
敦格黄沙铺铁路，天山隧道飞雪眠。
登顶珠峰众山小，光缆铺设 5G 连。
最高基建春笋立，鸿鹄志逸过云巅。
五洋捉鳖奋斗者，戏与蛟龙下深渊。
穿海长桥港珠澳，游龙栖鸥咫尺边。
九章快算驰寰宇，长征速度数刷新。
新冠疫情如火起，出击快准解民悬。

金沙江水怒拍岸，白鹤滩头水坝坚。
蹄疾步稳改革进，破解难题增福年。
一带一路真雄策，互通有无全球联。
细数丰功莫能尽，暂歌于此唱扶贫。
积贫孰能解饥肠，趋富孰能变沧桑？
历代王朝攻难下，咨嗟梦里稻花香。
千年兴衰跌泡影，十载功成建小康。
鸡鸣三更灶膛火，步撵十村头上霜。
山乡巨变缘实战，苦尽甘来见奇迹。
从此脱贫载史册，百年目标毕一役。
美哉中华铺锦绣，二十大里新辞旧。
永葆初心赶考去，策马兼程不解胄。
砥砺风华冲牛斗，强国复兴业千秋。
弄潮时代擎大纛，岗位建功展鸿猷。

过河津

康彩兰

要路天河渡，风生古绛州。
无寻玄帝迹，待访故人秋。
烟树千重渺，龙门一望收。
至今鱼跃处，郁郁碧云稠。

大美神二

赵贵平

银线迢迢连海角，青烟袅袅入云霄。

雁门春色谁装点？塞上明珠分外娇。

丰收节观山阴黄花梁农业基地有怀

武映梅

胸怀逸兴踏清秋，万亩新图一望收。
丰满高粱红涨脸，调皮谷穗笑低头。
金铺沃野云天接，翠裹层峦草木稠。
若问何方光景好，黄花梁下最风流。

鹧鸪天·致神二电力人

武映梅

卅载光阴一指弹，曾经意气驻韶颜。飞舟无惧千重浪，展翅何愁万里山。

心共奋，志相连。梦随银线入云天。明珠影照桑干水，熠熠流光向远湍。

注：神二被誉为“塞外明珠”，地处桑干河发源地，投产发电三十年。

采桑子·春日访三青梁村

王文泉

暮春相约花前醉，野陌闲寻。落日余金，但见寒窑岁月侵。
院中杏树翻江雪，二老情深。抱守初心，一曲秧歌绝好音。

漫步山林道中

王碧君

林径入山幽，云栖意远游。
拾香消块垒，掬露洗空眸。
心阔能涵海，身安自渡舟。
听松轻解语，兴尽每无忧。

参观马邑博物馆感吟

王碧君

历史推开一扇门，轮回犹刻朔风痕。
时空恒静凝铜彩，岁月无言印辙辕。
多少尘封评亘古，几曾芳草送王孙。
刀耕猎马文明续，记取桑园故土魂。

两代采煤人

贺兆宽

常忆蓬头黑墨身，苍颜无悔采煤人。
羡儿今日衬衫白，井下归来不染尘。

垄上秋声（绝句）

李　洋

峻岭重重水漫盈，晓来入户闻秋声。
自从结对弹新曲，不尽师生插柳情。

注：绥宁县插柳村，为湖南师范大学原扶贫点。

百年大党正青春

万良彬

艰苦耕耘志未消，红船摇过百年桥。
镰锤不老星光炬，使命初心日月昭。

初春典农河

张月琴

景观河道典农夸，别样风情绽物华。
燕舞莺歌堤柳翠，花红草绿夕阳斜。
群楼影映皆诗意，细雨身轻入客家。
生态文明扬四海，悠悠碧水向天涯。

注：典农河原为宁夏银川市区的一条排水沟，经过综合治理，现为市民喜爱的休闲娱乐的景观水系。

老旧小区改造后

赵树理

青路黄标玉砌墙，蜘蛛网线盒中藏。

喳喳楼道南归燕，为识新家分外忙。

为中国煤制油而歌

周启垠

其一

辛勤创业不徘徊，誓踏层峰望眼开。
大漠风狂吹浪远，荒丘雨急上山来。
钢花奏笛铸长剑，汗水凝珠筑巨台。
岂叹霜寒冰雪冷，艰难玉汝必成才！

其二

风尘大漠日初昏，高卷红旗出厂门。
会战三年情急迫，功成一夕气豪喷。
青春奉献毛乌素，壮志换颜沙石村。
人到于今多广阔，煤山滚滚油横奔。

其三

荒原大漠不长毛，哪见春芳醉玉桃。
工地旌旗鹰隼动，梦中冰雪燕莺高。
别雏抛妻创新业，白草黄沙写俊豪。
原本鸟难生蛋处，钢花铁柱涌风涛。

其四

我看钢城似琴架，音符多彩吐云霞。
激昂晨洒进行曲，优美暮生沙棘花。
大漠北风吹雪落，小山骤雨洗铅华。
黑煤油滚岂归梦，激浪滔滔为国家。

光明行

——咏国家电网人

王运涛

壮哉国网人，志在光明行。但闻有召唤，慷慨赴征程。
西陲歌黄沙，北漠吟碎琼。南天摩白云，东海掣长鲸。
擎塔耸千山，引线系万城。本为血肉躯，亦有儿女情。
寒霜共冷月，独立到五更。游子归何日，故园草又青。
电流连乡音，鸿雁寄心声。既已许家国，便应济苍生。
愿将一腔血，化作满天星。

御街行·中华飞天梦

刘金保

东风浩荡英雄步，七彩航天路。云帆直挂济苍穹，搭建天宫仙墅。长征北斗，嫦娥天问，赢得寰球慕。

浩茫星海今光顾，独辟逍遥处。一偿夙愿向天歌，告慰先驱万户。蓦然回首，蓝星夜色，惊瞰花千树。

东北热电厂·厂区美景

张志成

飞瀑成冰映彩光，流寒入井化银霜。

蓝图一展三千里，高塔龙腾北大仓。

人月圆·赞福建电力“双满意”

朱昌颜

一条银线连千户，服务用真情。能源保供，时时坚守，输送光明。

为民纾困，助村振兴，与企共赢。初心永葆，新双满意，奋楫前行。

望海潮·湖州

罗武第

浙江文胜，佳人才子，湖州词彩生花。深水藏鱼、方塘养藕，富延百万人家。蚕茧纺云纱。竹溪流碧水，蜃境无涯。棋布星罗，群英荟萃拥中华。

太湖孕育繁华。有三都贸易，百里鱼虾。鱼汛出船，菱歌入市，丰收富了千家。天目景称嘉。浔古诗入画，陶醉烟霞。今日还将盛景，说给世人夸。

赞电力人

耿金水

敢借光明宇宙中，手牵电缆走长空。
万家灯火谁来点，自有高人架彩虹。

见捐献物资有感（新韵）

耿金水

小山一样爱堆成，看罢谁人不动情。
捐款捐衣言正气，抗洪抗疫救苍生。
姓名莫问皆知己，肝胆相呼遍友朋。
用手抚摩心感受，物资里面有春风。

嫦娥五号回家

孙立中

与君须饮酒千杯，孤月迢迢去又回。

采得广寒宫里土，春来心种一枝梅。

别

冉长春

门前一树柳依依，又到阿娘相送时。
不说自家头发白，说儿头上有银丝。

除夕三亚街头见
女环卫工自拍相询得句

梁孝平

挥帚长街只影寒，此时谁解勉其难。

工装换掉留张相，为向家人报个安。

清明泡桐岗缅怀先烈

刘江岳

狂飙摧腐恶，江海涌洪波。
雨涨三春水，雷鸣一谷坡。
丰碑天地立，壮士古今歌。
此处忠魂舞，杜鹃山上多。

西江月·在校生为新生题写银杏叶书签

姚邦辉

诗意字间写就，金秋叶里收藏。
深深学苑浸书香，情似大河流淌。
前浪望优品学，后来不负韶光。
书签伴手度寒窗，暖在眉间心上。

一剪梅·美丽乡村

许永章

一片金黄带雨娇，熟路轻车，三两相邀。歌声环绕水低回，手举荧屏，合影花梢。

遥见飞虹架彩桥，昨夜春风，小镇旗袍。弯弯绿道塔楼高，油菜花田，叠起波涛。

设想我在太空站

王志刚

身在船舱舱在空，茫茫四看众星同。
浮沉始信心难测，渺小方知道未穷。
向壁怀人无夜雨，叩窗报我有天风。
幽思长爱蓝球望，反复摩挲认亚东。

咏咸宁新农村

王志刚

其一（新韵）
水碧天蓝入画屏，辛勤绘作美咸宁。
脱贫已到攸关处，马力开足不肯停。
其二
何处新莺啼杏花，春风送暖到农家。
订单早已年前至，售出香甜几汽车。

金缕曲·警察节初着警礼服有感

葛玉磊

此节重来又。任凭他、光阴变幻，初心依旧。弹指风云经几度，往事差堪回首。纵添了、鬓丝几绺。金盾银星光熠熠，历冰霜雨雪坚还久。时易逝，情难朽。

新衣披挂精神否？莫笑我、书生意气，强装抖擞。刀笔虽非经纶具，未许匣中锈垢。竟何日、化虹雷吼。耿耿胸中翻热血，看训词字字大如斗。常诵记，永坚守。

赞核潜艇之父彭士禄

李冠群

潜身三十载，无语践初心。
故岁凝高节，深山作苦吟。
攻坚倾白首，致远竭丹襟。
力挽千寻浪，还听最妙音。

满江红·忆长征精神

江晚余

万里长征，收拾尽、山河残阙。还记得、桂湘悲雨，浪涛如血。遵义城中星火燎，娄山关下红旗烈。叹豪杰、挥赤水天兵，真奇绝。

金沙岸，山水阔。青海路，风云叠。任沧流横锁，急飞轩越。漫卷金钩招碧魄，要擎玉斗倾冰雪。追此情、荡涤旧乾坤，丹心热。

听红军后代讲党史

贾来发

往事依稀在眼前，当年万险至今牵。
井冈山上英雄史，撑起神州一片天。

办税员（新韵）

吕青黛

笑里含春迎往来，轩窗小我大情怀。
税流活水多清澈，更有红莲心上开。

清平乐·致敬黄山中国好人李培生、胡晓春

秦学锋

守山迎客，爱比清泉澈。踏遍千峰和万壑，云晓个中苦乐。

捡个烟蒂崖攀，拾片纸屑岭翻。松在月中酣睡，人在松下巡安！

人民颂

卢贤德

莫笑千年草芥身，萋萋扮得四时春。

而今冠以江山姓，天地之间做主人。

西江月·拆迁工作组干部印象

蒋　娓

草帽短衫蒲扇，水壶盒饭骄阳。槐花树下拉家常，辈分阿谁为长。

文件解除疑虑，尺绳算准平方。檐前紫燕细商量，风景来年更棒。

游石门坊得句

郑泽珍

一入石门秋不同，飞霜着意绘山容。
应知十月有佳节，栌叶染成中国红。

志愿者结对帮扶孤寡老人

王播春

冷暖同谁说，孤逢孝道遵。
开怀窗有笑，细扫室无尘。
一桌团圆饭，八方天地春。
交心融血脉，从此是家人。

深海一号能源站

罗金华

神针定海一何雄，化解狂涛于飓风。
紫气东来霞万丈，踏波探宝到龙宫。

赞输电线路运维工

罗金华

踏遍青山踏碎霜，高空作业汗冰凉。
重霄漫漫邀明月，铁塔巍巍挽夕阳。
一片痴心终未老，经年好梦总无疆。
根根银线绣千里，且看云端诗几行。

瞻仰海珠广场广州解放纪念碑

刘　强

每到碑前未觉哀，忠魂义胆筑高台。
当年将士今何在，遍地红棉带血开。

塞罕坝英雄（组诗）

王 坤

六女上坝

靓丽青春绽艳葩，坝中怒放六枝花，
辞离承德来荒漠，播得浓荫锁虐沙。
赤胆融情倾汗水，冰霜励志染云霞。
初心永秉遵天职，林海茫茫颂锦嘉。

书记王尚海

坝上元勋世代崇，一头扎进荒漠中。
朝披霜雪沙丘日，夜伴星辰地窨风。
汗水换来林海绿，丹心映得党旗红。
高原长卧丰碑耀，建设围场立首功。

夫妻望火楼

莫笑夫妻非画人，林涛泼墨韵生神。
孤楼勤瞭三更月，野岭常巡半夜辰。
酷暑何愁风雨打，严寒不惧雪霜轮。
全凭茧手真情永，守护荒原万亩春。

第九批志愿军烈士遗骸归国值大雨

张　南

忠魂归故里，泪雨地天吟。
不复羁留苦，更何悲泣深？
捐躯明大义，蹈火秉初心。
碧血昭青史，壮怀犹励今。

贺新郎·C919国产大型客机首飞成功

张　南

巨鹤扶摇去。驭长风、凌空振翮，拨云开雾。临瞰关山驰程远，一任风行无阻。若凤翥、雄姿威武。五岳三山当造访，更瑶池、何惧迢遥路。来复往，自轻渡。

欣怡空白而今补。忆曾经、民贫国弱，屡遭欺侮。何敢奢谈重霄梦，异想长空飞舞？自发轫、经辛历苦。几代耕耘终酬志，纵情歌、更是传心语。长砥砺，莫停步。

村官小吟

郑泽珍

看水巡山察果园，归来又是月披肩。

一身疲惫竟难寐，兴奋订单超去年。

回　　乡

沈守华

一到村头闻犬声，门前弟妹笑相迎。
绕村一道弯弯水，流出人间多少情。

新体诗

喜迎二十大　百年新征程

何靠山

一

那是一阵阵枪声，
一声声呐喊，
满腔热血的有志青年不畏艰难，
不怕牺牲。
扛起担当责任的意志，
扛起爱国情怀的精神，
扛起奋勇向前的斗志，
扛起那支冰冷的枪炮，
为祖国、为人民而牺牲，
只为祖国的解放，
人民的幸福。
那是壮丽山河的景象，
满腔热血的有志青年紧跟着党走，
行走在充满众多挫折的万里长征路上，
流血牺牲从不掉队，

走向希望的海洋尽头，

实现历久不忘的长征精神。

那是初心之地的奋斗印证，

为人民服务的宗旨从这里传承，

一代革命先辈用身躯建立的，

红船精神始终代代相传，

用鲜血铸就钢铁长城不屈的新中国。

那是吹响改革开放步伐的号角，

全国人民齐心奔向新生活奋进，

全国上下欢喜的时刻，

经济飞跃发展的时刻，

新中国焕然一新的时刻。

历史已经成为历史，

时常记起勿忘初心，

百年征程“心”的开始，

理想照进现实之门，

向着伟大复兴中国梦前进，

还需要坚持奋斗之心。

那一年是不平凡的一年，全国如期打赢脱贫攻坚战。

那一年是不平凡的一年，全国如期建成全民小康社会。

那一年是不平凡的一年，全国人民同心勇敌战胜新冠疫情。

那一年是不平凡的一年，党史学习掀起照耀着建党百年奋斗史。

二

一心投身于革命烈火之中，

坚定理想信念初心为党忠。

面向困难挫折与亡匪之徒，

永葆一名共产党员献鲜血。

尸骨寒霜浩气长存已为国，

枪林弹雨危难之际尽颜笑。

为国捐躯换取解放全中国，

英勇临危洒热血映党旗红。

砥砺前行使命承载是初心，

百年征程初心凝成是使命。

三

它有时候很温顺，

温顺得像个小孩子一样，

奔跑的追逐者在新时代的奋斗中放飞梦想！

它有时候很暴躁，

暴躁的种子飘落得世界遍地都是，

每一个种子都会坚强地生长着，

在新时代奋斗中每一个角落生根发芽开花结果。

它有时候很美，

美得就如诗画一般，

在新时代奋斗中彰显壮丽大好河山。

它有时候很善良，

善良得就像小老虎一样。

奔跑在山峰，穿梭在丛林，

把信念洒满世界。

在新时代奋斗中它被称为和平正义者。

它传递着一种力量：

执着，奋斗，坚持，拼搏。

遇到风雨阻隔它不怕，因为它有一颗追梦之心。

遇到困难挫折它不怕，因为它有一颗圆梦之心。

遇到孤独无助它不怕，因为它有一颗爱国之心。

这背后正是：

祖国之强大，

民族之复兴，

人民之幸福。

就让它在母亲的怀抱之中追新时代梦，圆新时代梦，

为母亲绽放出不一样的拼图，

心连心爱着，手拉手护着，

是拼图不可缺少的一块。

党的二十大敲响新时代的洪钟
（组章）

何　昊

回眸

用一种声音喊出百年的豪迈
用一种脚步丈量百年的誓言
回望来路
“人为刀俎我为鱼肉”的岁月里
是谁挪动着踉踉跄跄的步子
上下求索，左奔右突
一把镰刀，收割苍白岁月里的荒芜
一柄锤头，砸碎阴云笼罩下的萧索
以执灯者的身姿
在荆棘丛中辟路前行
从井冈山到遵义再到延安
星星点点的火光沿着风尘仆仆的步子播撒
顷刻燎原

乘着“无畏”做成的舢板，扬起信仰的帆
踏平狂澜
硬是把一个民族拖出了似海深的夜晚

凝视

另起一个“炉灶”
缝补破碎的山河
鲜红的砂纸打磨出崭新的纪元
托出一个锃光瓦亮的世界
共产党人，在人民心中打下一根根坚实的桩
筑就中华的大厦，戳破云端
无论怎样的风雨，也无法撼动今日的中国
十四亿颗日夜跳动的脉搏被一根红绳串联
十四亿个日夜奔赴的梦想被一面旗帜招揽
如今的神州正处于葳蕤的春天

畅想

昨日南湖的水波还在轻轻拍打着红船
一个茁壮的政党随着泛舟时的涟漪一圈圈扩散
一大时的决议似乎还在耳边回响
华夏的命运就此改写，转眼百年
今时的人民大会堂二十大开幕在即
无疑，这又是一个伟大的时刻

篁笠就绪，仓箱可期
2300 名党代表齐聚一堂
共同点亮新时期的灯盏
那是永不熄灭的光
如同青天白日里最耀眼的太阳
不，我们的党啊
它比太阳更温暖更柔和

不忘初心，再创辉煌（喜迎二十大）

黄广全

若水一样流走的时光
暗淡了曾经的炮火硝烟
也淹没了号角争鸣
那些青春远去的韶华
倾付了太多的感伤
荒年里的巡影
凝聚着多少先辈别去的悲凉
逝岁残心，沉淀了太多的故事
被光影拉长的记忆深处
在如今的盛世华庭下
幸好我们从没遗忘
接过先驱高举的旗帜
初心不改，再把号角吹响

改革的春风，拂绿了荒野山岗
如火如荼的建设，让中国变了模样
金色的秋天，麦谷堆满了粮仓

卧冰立雪的军魂，震慑了四面八方
经过了险恶的挑战，才会有高度
经历了困苦的磨炼，才会有强度
经历了艰难的选择，才会有尺度
经历了挫折的考验，才会有深度
这就是中国人的脊梁，中国的力量

有一个响彻世界的名字——中国共产党
让历经沧桑的国度
不再有备受欺凌的开始
让国人无论走到哪里都能得以被仰望
上天飞掣天宇
下海任意远航
在这高光的时刻又将再绘华章
必将引领我们走向更远方！

喜迎二十大之家乡美如画

冯　娜

轻柔的风

吹过层层麦浪

摇曳出喜人收获——片片金黄

灵动的鸟

飞过叠翠的林间

勾画出缤纷山岗——郁郁苍苍

家乡新颜美

生活节节高

矮旧的平房

在深情的眺望中

变成大楼幢幢

自来水、砖瓦墙

错落有致的农家小院

在阳光下

闪耀着幸福的辉煌

笔直的柏油路
夜晚明亮的路灯
清澈见底的小河
如诗如画的远山
在党和国家的关怀下
我的家乡到处风景如画、鸟语花香

心潮澎湃中
我们喜迎二十大
壮志凌云间
我们建功新时代

在新农村的建设中
我们看到了祖国的伟大
在热血沸腾的前进中
我们汲取到向上的力量

飒飒金风中
我们迎来喜讯
国富民强中
我们安享和平
愿我的家乡更加美丽
祖国越来越繁荣富强!

当第二十支铜号吹响的时候（组诗）

王占斌

一

当第二十支铜号吹响的时候
山脉，我古铜的父亲，以南方和北方
满脸的苍翠，迎接蓬勃的日出
这是十月的山巅
清新而又挺拔地高耸起脊梁
淬火、燃烧、磨砺，用尽一切词汇
在铜墙铁壁的身躯上
打造一个烙印，那深深的凹痕
有时是闪电，有时幻化成长城的垛口
更多的时候是黄河，或者说是龙的骨骼

二

第二十支铜号，第二十个夸父
从远古神话中走出的父亲
镰刀和铁锤的光芒在秋风中跑马

麦浪以及齿轮敲击出质朴的马蹄声
一切由风来倾诉和解读
这来自村落、街巷浩荡无边的洪流
成为乡土中国最动情的脸庞和嘴唇
追逐太阳，追逐正用自身的炽热
融化黑暗冰块，让大地呈现出金黄
让金黄一次次从炉火中纯净地脱胎而出

三

第二十支铜号是第二十个挑战者
亚洲北斗布满天空，星辰的光芒被覆盖
这令人骄傲的父亲和祖国
时代的巨人，用宽阔如瀑布的喉咙
吹奏出的每一个音符，都和炊烟有关
都和田野有关，和塔吊有关
以高铁的速度驰骋在大地的马背
春风复苏了青草的梦想
星辰的目光东移，亚洲骄傲的北斗
开启了东方大地的密码

四

第二十支铜号竖立起第二十道风帆
出海口镌刻了中国梦的史诗

庄重而又深谋远虑的父亲要出海远航
这凝聚了亿万龙骨的桅杆
挺拔如戟，挺拔如日月，挺拔如珠峰
以人民的名义，我们出发
遒劲有力地搅动起时代的桨
在中国制造的河流中描红汉字的工整
那一笔一画红得血脉相连，红得更加中国
连标点符号都大气磅礴

五

第二十支铜号，第二十个开拓者
崭新的生产线，沉思的父亲正侧耳倾听
大工业时代机器的轰鸣
当镰刀和铁锤的钢铁融进生活
动车的呼啸裹挟着风雷，钻头在努力校正
生活的方向，钢钎敲碎了寂静
被汗水加班加点浸泡过的产业的罐子
冒出酒花，盛开大国工匠智慧
仿佛国色天香的牡丹，一瓣一瓣
都芳香扑鼻，一瓣一瓣都直达人心

六

第二十支铜号，第二十支接力棒

正骑着快马在江山传递，龙的子孙迈出
矫健的步伐，我青铜的父亲风华正茂
镰刀和铁锤的光辉照耀着东方大地
照耀着土豆、青菜，照耀着熙攘忙碌的人群
而东风浩荡坦诚，巨浪潜龙在渊
再加上一鞭赶一程，中国力量让快马
更加健硕，让接力棒平添了自信的翅膀
将铜号擦得再亮一些，让人民朴素的心愿
直抒胸臆，成为中国梦史诗巨册的交响

七

当第二十支铜号吹响的时候
我要采撷花束献给它，二十束山花
二十束来之不易的烂漫
二十束高昂的头颅，青春和曾经的奋斗
为丰收的镰刀，为坚硬的铁锤，为成熟的父亲和祖国
这纯粹的精神依托，一尘不染的中国红
在江山寂静之时，倾听第二十支铜号
字正腔圆的中国发声，倘若雄浑被百灵鸟传递
就让和平鸽展开振聋发聩的翅翼护航
南方和北方，陆地与海洋，我的祖国正日出东方

喜迎二十大，礼赞新时代

周 峰

伴随着十月革命的炮声
一个以斧头和镰刀为标志的党悄然诞生
上海石库门，你是中国共产党的“产床”
是中国工人和农民阶级的精神家园

这是中华民族开天辟地的大事变
仿佛是一道劈向长空的耀眼闪电
将一个灾难深重民族无尽的黑夜照亮
让无数双迷惘的眼睛看到黎明前的曙光

你用铁锤砸碎沉重的锁链
你用钢镰收获金色的秋天
从瑞金到会宁的两万五千里呀
你是中国革命的凤凰涅槃

十四年抗战艰苦卓绝
日本侵略者无条件投降

三年多解放战争浴血奋战
你将国民党反动派一扫而光

抗美援朝，保家卫国
打出了几十年和平建设的环境
改革只有进行时，没有完成时
世界第二经济体傲然屹立于世界的东方

两弹一星升空，恢复联合国的席位
杂交水稻培育成功，香港澳门回归
加入世贸组织，三峡大坝建成
青藏铁路通车，北京“双奥”成功

“天宫”中国空间站住航天人，不是神仙
“天眼”射电望远镜一眼望穿，百亿光年
“蛟龙”载人潜水器深潜游移，探底大洋
“墨子号”量子卫星精明机巧，暗藏天机
“悟空”粒子探测器火眼金睛，辨明识暗
“大飞机”完全自主鲲鹏展翅，一跃万里

我们唱着东方红当家做主站起来
讲着春天的故事改革开放富起来
承前启后的领路人带领我们走进新时代

在古老东方的大地上铺开历史的新画卷

当我抚摩着镰刀和铁锤
总想起在党旗下的誓言
脱贫攻坚，小康路上一个也不能少
抗击疫情，为世界提供了中国经验

不忘初心，牢记使命
全面开启现代化建设新征程
实干兴邦，推动经济高质量发展
喜迎二十大，礼赞新时代
向着民族复兴的梦想扬帆远航

在塔吊上向党的二十大致礼

杨世平

我在晨曦的召唤中苏醒
四海为家的我
把塔吊当作秋千
重温儿时摇晃的梦想

我与刚冒出地面的楼一起成长
我期望钢筋水泥听我召唤
每当快要接近我时
就下到了最需要的地方
是铁骨铮铮的豪情甘为人梯
是祖国的高度需要我向上

我在风的发梢梳妆
看那拔地而起的亭亭身姿
柔软的发丝已成
带劲的钢筋
根根都是支撑国家的栋梁

我在云里呼唤
我呼唤翱翔的鸟儿
把我脚下的云彩衔走
放在家乡父老的窗前
安慰亲人的挂肚牵肠

我站在太阳的肩膀上
无法吊起祖国七十三年来
增长的重量
那是十四亿人的赤子之情
深深扎在我脚下的
这片土地上

忆往昔峥嵘岁月，观今朝似锦前程

——喜迎党的二十大

郎　平

1921 年 7 月，是你的生日，
我清楚地记得那一天，
你撷百花芬芳，集山川河流，
以稚嫩且响亮的啼哭宣告你的诞生。

2022 年 10 月，是你的生日，
百年日新月异，初心不改，
以掷地有声的刚强，虑无不周的细腻，
诠释你的真知灼见和同心同德。

参天之木，必有其根，
正义是你的臂膀，托举着民族的信仰；
怀山之水，必有其源，
交流是你的智慧，迸发出理性的火光。

十四亿人民，五十六个民族，群策群力，

坚定自信，守正创新，人民至上，
展现为民服务的本色。

千磨万击还坚劲，
纵然你曾蹒跚学步，但不忘腾飞的梦想。
任尔东西南北风，
即使你遭受过重创，仍怀着造福家国的使命。
改革的春风给你注入活力，
思想上恢复正确路线，
行动上揭开党和国家历史新篇章。

精卫衔微木，将以填沧海。
你以不懈的努力，填补生命的空白。
博观而约取，厚积而薄发。
你将万籁奏成一首美妙的歌。
审时而度势，谋定而后动。
你让万疆开成一片锦绣河山。

其言昭昭，其行灼灼，
你的坚毅、正直、智慧，在事业上开花结果。
山河为证，岁月为铭，
你的博爱、温厚、诚挚，让祖国更加蓬勃。
踔厉奋发，笃行不怠，
百年风云变幻，看你挥斥方遒、气度超脱。

雄关漫道真如铁，而今迈步从头越，
砥砺前行，不负韶华，百年潮起潮落，
你从群众中来，为人民谋福祉是你前进的动力。

繁霜尽是心头血，洒向千峰秋叶丹。
不惧挫折、勇往直前，百年海枯石泐，
你以大局为重，为民族复兴而奋斗是你的执着。

路漫漫其修远兮，吾将上下而求索。
还记得 1921 年伴随你诞生的那一刻，
第一次宣告你的诞生！
第一次确定你的名字！
第一次向世界宣告！
满眼生机转化钧，天工人巧日争新。
这数不胜数的第一次，
是中国人民在人类历史进程中的伟大创造！

江山代有才人出，各领风骚数百年。
如今 2022 年你风采依然！

百年栉风沐雨！
百年沧海桑田！
百年继往开来！
百年来，你矢志践行初心使命！
百年来，你筚路蓝缕奠基立业！

百年来，你创造辉煌开创未来！

百年韬光养晦！
百年沉浮历练！
百年砥砺前行！
如今的你才华横溢，度量宏达，
纵有狂风拔地起，我亦乘风破万里！
无数优秀的子孙将传承您的衣钵，
自强不息怀壮志，鞠躬尽瘁留汗青！
无数优秀的儿女将秉承您的信念，
全心全意为人民服务，开辟属于自己的道路。

疾风知劲草，烈火见真金。
潮平两岸阔，风正一帆悬。
昨天登山越岭，今天躬耕不辍，明天终将硕果累累。
2022 年 10 月 16 日，
我们将铭记这个日子！
愿您旦逢良辰，顺颂时宜！
愿您如月之恒，如日之升！
愿您前程似锦，未来可期！

恭迎二十大之大国气象

刘　强

一

大国风光，盛世气象。
抽丝旭日的光芒，织锦人间的红妆，
揽撷浩瀚的繁星，绣入豪放的诗情。
穿山跨海满载爱意的街衢桥梁，
嫦娥奔月羲和探日的星空梦想。
共同富裕全面小康的义措仁政，
忍辱负重伟大复兴的众志成城。
社会主义的春风化雨，
繁华又蔓延在华夏大地。
千年薪火的太平，不灭的盛世传承。
人类命运共同体，休戚与共，
五千年来立国一脉相承的，
协和万邦，王道精神的恢宏。

二

天下兴亡，匹夫有责。

为生民之立命，为时代之太平，
拾起男儿带吴钩的气魄，
割却懒怨娇嗔的软与弱，
雕琢仁义礼智的道德海洋，
奔腾建功立业的细涛巨浪。
祭吊一腔热血，向这大好山河，
安心眠卧吧，不死的英雄圣哲，
世代延续的家国事业，后继有我。

三

倾我位卑忧国的赤诚之心，
漪荡与你蓬勃的文化自信，
挥洒汗水希望的春夏秋冬，
裁剪塞北江南的姹紫嫣红。
这血泪骨魂铸就的盛世气象，
同属富贵与贫贱，城市与村庄。
饮啜风露芬芳满溢的花朵，
莫忘根土之下的青衿袍泽。
不忘初心，砥砺前行。
愿燎原的星火，五星的光芒，
长照服务人民的路上。

庆祝党的二十大胜利召开

周幸泉

南国温煦的风
徜徉在五谷丰登的田野
北国的京城浓妆盛艳
神采飞扬
二十大又一次翻开新篇章
中国共产党秉承自己的信念
开启奋斗新里程
人民至上温暖的情怀
数亿人感动潸然
回首历经的辉煌
万千慨叹萦回心间
崛起的傲立闪耀天宇
新能源 新科技
奔腾的高铁震惊寰球
街坊巷里欢声笑语
乡间宅院曲乐腾欢
好一个大中华

五十六个民族放歌颂唱

我们有最美家园

强党强军强国

我们再次踏上新征程

喜迎二十大　我想对党说

杨　莉

梦回百年

上海望志路的石库门青砖红瓦

一盏孤灯

燃起中国改天换地的星星之火

摇橹声声

红船上“共产党万岁”推开旧世波澜

青年工农

携手星火燎原、家国天下、大浪淘沙

百年风雨

江山如此多娇，只因烽火硝烟、热血挥洒

镰刀锤头

击垮了旧中国的帝国、封建和官僚

击退了日寇、美帝的掠夺、杀戮和侵略

梦醒泪流

国殇难忘，谁在哼唱？那曲祭英魂的长歌

又是谁在歌颂：没有共产党，就没有新中国

亲爱的党啊，我想对您说：

说说我们的华夏大地，说说我们的壮丽山川、锦绣山河

说说黄果树的“珠帘钩不卷，飞练挂遥峰”

说说赤水的丹山、碧水、翠林、飞瀑

说说梵净山的云瀑、禅雾、幻影、佛光

说说万峰林纳灰村数百亩粮田的稻香和收成

亲爱的党啊，我想对您说：

说说少年强则中国强，说说请党放心强国有我

说说赖宁、张海迪，说说十佳少年们

说说获得“新时代好少年”的杨雨蝶，她不负韶华担使命，品学兼优、热心公益

说说取得“中国青少年科技创新奖”的张英文、蔡博屹、廖袭锋，他们为共产主义事业奋斗做准备，用智慧开启新时代的希望

说说“全国向上向善好青年”刘伟男，他放弃优渥，主动申请到贫困县开展脱贫攻坚工作，带领深度贫困村脱贫致富

说说世界冠军邹市明，少年起用功，用拳头向世界证明：中国人绝不是东亚病夫

亲爱的党啊，我想对您说：

说说我，您万千儿女中最最平凡的我

说说那个头戴红色安全帽，身穿蓝色工作服的我

说说偌大的车间，机器轰鸣，生产线上那个正在忙碌的我

说说笔耕不辍，嗒嗒键盘敲击声下为劳动者抒写赞歌的我

说说企业一声令下，果断奔赴，深深热爱这份事业的我

亲爱的党啊，我想对您说：

说说我可爱、可敬的工人兄弟姊妹们

说说那满身油污、一身汗渍见证了机器大工业取代手工业生产和科技转变的他们

说说用厚实、布满老茧的双手在铝加工产业的优品上印下“中国制造”烙印的他们

说说任劳任怨，争当老黄牛；业精于勤，尽显大国工匠风范的他们

说说有信仰、有担当，用科技、用智慧创造出实实在在的成绩和奇迹，用责任与坚持让中国铝业脱胎换骨的他们

亲爱的党啊，我想对您说：

说说三年疫情，说说正在抗疫的家乡

说说第一时间冲锋在最前列的医护、公安和交警，他们化身暖心大白，为百姓服务、护航

说说一方有难、八方支援，贵州省内县市医疗队星夜驰援，渝、桂、粤、闽、豫……带着物资千里增援，万众一心，不惧病毒

说说志愿者们，他们中有各行各业的他和她，奔跑、沙哑

的声音、体力与脑力齐上阵、耐心、奉献……他们身披蓝色战袍的样子美极了

说说中国担当、中国速度，静默管理下的城市静悄悄；凌晨四点做核酸的脚步急匆匆，当天的核酸结果十二点前如期而至

亲爱的党啊，我想对您说：

说说我们的国富民强，站在维护世界和平立场的中国贡献出举足轻重的积极力量

说说我们的国泰民安，百姓们安居乐业，幼有所养、老有所依，您目光所及，是万家灯火的安宁祥和

说说我们的国家栋梁，他们在科技、国防、军事、工业等领域绽放光彩，天上有了属于中国的空间站

说说我们的国人体魄，北京冬奥会上祖国的运动健儿们取得了 9 金 4 银 2 铜的好成绩

亲爱的党啊，我还有好多好多话想对您说

……

遥望北京

天安门广场五星红旗徐徐升起

国徽闪耀

庄严雄伟的人民大会堂灯火长明

十月十六日

“中国共产党第二十次全国人民代表大会” 即将开幕

党旗飘飘

中华民族伟大复兴的号角已经吹响

百年征程

红船依旧、初心不忘；数风流人物，还看今朝

党心民意

迎来了 21 世纪的富强、民主、文明、和谐

送走了血雨腥风下的贫弱、专横、蒙昧、蛮横

喜迎二十大

举国欢腾，谁在表白？我爱你中国

又是谁在呐喊：强国复兴有我！

成都古风国韵词一组

吴国清

题注：悠悠华夏，巍巍巴蜀，锦绣成都，风华万千。本组词为以成都历史故事为背景的古风国韵歌词，多数已制作成歌曲，意在创作打造一张古风音乐文学专辑。国风歌词在继承了中国传统经典诗词文化的基础上融入了现代流行文化元素。本组词以成都历史文化典故为创作题材，以古风国韵为风格，同一首词押同一个韵，倡导中国文化，弘扬国韵汉风。

《之一·花笺录》

——基于晚唐女诗人薛涛在成都浣花溪旁制笺作诗的故事

蜀都早春花叶稠，海棠引红袖
惊蛰欲来，木生檐后，宿雨湿银钩
胭脂扣，红酥手，伐得春枝与青蔻
那素纸色未透，捻来百花秀
芙蓉出水已成熟
花开九州，几人未写够

池上双鸟啼晚秋，长安宫墙旧
霜降欲来，叶扫空袖，独临望江楼
小字笺，笔墨走，摊开心事的褶皱
那画中人渐瘦，韶华几盏酒
纸浆怎抵岁月稠
芳菲几首，花笺使人愁

一江春水洗晴柔，书香剪堤柳
灯下等暮昼，笺上等邂逅
她犹在浣花溪畔，轻负手
看半生风雪染白头

晚风欲来雨急骤，千里寒霜厚
玉簪等更漏，壁炉等火候
她犹在浣花笺上，笔未收
写一生柔肠情缘休

《之二·草堂抄》
——基于杜甫草堂作诗的故事

夜色漫过草堂，笔锋已磨亮
刀刻过的词语游走在纸上
你那傲世目光，停泊在第几行

落墨惊起浣花细浪，趁月色奔放
诗意凝结成旧檐下拔节的新霜
任烛火临摹你瘦如寒竹的面庞

晚风掀开木窗，潜入了纹掌
虚掩过的柴门有七律造访
待那盏茶微凉，意象爬出院墙
落笔吟得流年若觞，沏山高水长
那声叹息仍踯躅在千年的长廊
任秋风吹痛你现实主义的凝望

饮过孤寂万丈，尘世千两
借我绝句二行，慰我一生悲凉
也捻天下苍苍，却在这纸上飘荡
纵我潦草做文章，写半卷荒唐

提笔走过八荒，夜雪三江
敬你两杯月光，陪我大梦一场
也道世事无常，功名都作浮云状
却有那沧桑过往，在指尖绽放

《之三·琴台雨》

——基于司马相如和卓文君的爱情典故

燕衔青麦，露生雨苔
楼月暖酒似有故人来
醉过二盏天籁三生入心海
守得时光如釉彩，守得垆边画眉开
执手数过一城梨花白

弦落琴台，笔走边塞
江楼云檐风烛照木钗
等过七弦尘埃八行写感慨
怎知岁月如枯海，不觉干涸了对白
为你弹得一世芙蓉开

边关风起月如钩，可听红笺说白头
故琴长台怎执手，弦断惊蛰后
一壶千里也将浊酒 沏青丘
身在长安心在邛州

浣花溪畔灯依旧，也挽西风上重楼
弦短纸长难盈袖，眉浅玉人瘦
一曲相思却道人间 岁月稠

身在初春心在晚秋

《之四 · 浣花梦》

——基于浣花夫人红妆执剑平息叛乱保卫成都的故事

浣花溪畔风正好，宿雨迎春晓
墙里墙外三寸草，柳窗剪烛苗
谁着罗衣疏影摇，堤上已是双飞鸟
蝶舞眉梢，莲花开处恰似佳人笑
天涯知交，且浣得一江春水情不老

沧浪桥头飞雪早，枝上棠梨小
城里城外风潦草，霜雨打芭蕉
谁浣花笺题诗稿，捻得心事半步遥
红袖铁袍，玉簪起处却是剑与刀
花开几朝，且唱得半生柔情几分秒

浣花天，春来早
陌上行，谁相邀
笺上写得相思少
情动之时起汐潮
一池春心秋风何事频打扰

边声起，引铁袍

千军阵，亦缥缈刀上刻下百媚娇

花开之时剑出鞘

一衣江山春风总是玉指绕

《之五·青城观》

——基于青城山道教圣地的故事

寥寥古刹，残庭过马，谁踯躅青城下

夜太长，时间结出了伤疤

记忆蜿蜒渲染成画，暖了身后那盏茶

就在一刹那，青丝缠白发

空门暮鸦，指尖流沙，谁研墨来作答

梦太浅，时光堆积成白塔

思念蔓延溯流到夏，静夜守候成灯花

抚一弦念挂，宿雨暗朱砂

一撇一捺，幽寺别天涯

几杯过往陪月光说话

待那灯花听雨，谁落子成沙

那尘世的一梦，你可曾放得下

一笔一画，山水也飒沓

墨色晕开内心那缕霞

待那灯花听雨，谁落影成花

那橘黄的一朵，盛开的可是她

《之六·伎乐图》

——基于成都永陵公园二十四伎乐图的故事

刀刻过的时间，遗落在琴弦

觱篥划过眉尖，笛声被渲染

霓裳与眸光流转

酒已暖，饮过你隔世的秘言

笔锋太偏 ，我游走过千年

借一页花笺，情动处有谁把箫声剪断

春宵爬过发簪，爬过你的脸

箜篌穿越雨檐，沏筝笙入盏

枕二两琵琶入眠

剑已寒，我们在散场时擦肩

马蹄渐远，年华凭过朱栏

一弦度关山，千军阵横刀引一轮月圆

时光轻捻，于你指间蜿蜒

水墨漫过长卷，烛火被点燃
繁华声远，惊鸿不过一瞥
如果一盏入喉总是离合聚散
且听她临风轻弹，花开三千

风月落弦，于我心间缠绵
夜色漫过草帘，锦城车马喧
岁月清浅，缘起不过一面
如果一剑江湖总是悲喜忧欢
且听她声动云天，雪满楼船

路基旁的迎春花开了

孙月恒

列车在神话里掠过山岗
冬眠的坡地来不及嫣然回眸
猛然消失的刹那
眼神儿有些怅惘
在钢轨闪亮的光影里
迎春花稀疏的枝条素描了一冬
藏在心底的秘密
终于点缀成一串串暖暖的风景
掩映在路基冻土还未醒来的梦中
风儿从金黄的花瓣里走出来
枝影下的荒草丛蠕动着新绿的声音
迎春花一朵朵朝枝头奔跑
满身盔甲地抢占阳光的高地
劳动的身影渐渐凝露在淡淡的花香
即使还有些春寒料峭
饥饿的蜜蜂已迫不及待在花蕊里寻找
望着地平线上时光的列车

就悠然出莫名的幸福
就发现我是离春天最近的人
在我的翘望和你的等待之间
潜伏着一条开满鲜花的河流
那是一生一世的阳光留下的无声的祈祷
隐约有牧童裁一片黄昏作笛膜
按不紧的笛孔
流出弯弯的烟霞和曾经拉长的月色
也不做什么记号，一夜羞答答之后
就爱遍了整个山岗
就像时代的车轮一扑下身
就赤诚地拥吻大地、山河
缠绵它的线路、桥梁
觅食的羊群不紧不慢
而水声浪漫越过了那道篱笆墙
没有谁像你那样灿烂的一笑就成了嫁妆
也许还有些淡淡忧伤
可是你如期而至
如一声声汽笛亮嗓
敞开的都是金黄金黄
像世界那颗原本的心房

献给党的赞歌（外一首）

杨丽丽

一

当朝阳冲破了黑夜的禁锢
当鸟儿歌唱在春天的枝头
当果实芬芳在一个又一个秋天
那艘从 1921 年驶来的红船
打败了一次又一次
岁月深处的惊涛骇浪
他的凌厉，他的温暖，他的希望
砍断了桎梏的枷锁
融化了囚禁春天的冰凌
草绿了，花开了
所有的生灵都张开了自由的翅膀

二

一百年的风雨历程
那些穿梭在南昌城头的枪声

那些匍匐在大渡河里的身影

被一粒井冈山上的火种

点燃理想的灯盏

我们不怕

雪山的千里冰封

我们不怕

草原的茫茫万里

我们也不怕

沼泽地上的泥泞和漩涡

一根皮带可以慰藉饥饿的肠胃

一双草鞋能让前进的道路越来越平坦

两万五千里的路途啊

被一面面鲜艳的旗帜染成红色的信仰

三

在炮火硝烟里站立起来的民族

到处都是铁骨铮铮的忠诚

李大钊的松竹气节

赵一曼的钢铁意志

董存瑞的舍生忘死

邱少云的坚定隐忍

鲜艳的党旗下

我看到每一个有名或无名的英雄

都在用自己的方式

缝补着破碎的山河

描绘着美好的未来

四

被一把镰刀和锤头唤醒的黎明

每一个日出都洋溢着青春风采

不需要赞美

不需要歌颂

小米加步枪的传奇握紧了每一个

中华儿女的双手

你看

那片满目疮痍的土地

长出了华荫如盖

你看

山河如画、春和景明

你看

盛世欢歌、日新月异

你看

我们的党正手握镰刀和锤头

开启崭新的航程

歌唱新时代

杨丽丽

嘉兴南湖上的一粒火种
像燎原之火
点燃华夏大地的绚烂
从第一次的花开十三朵
到现在的满树芬芳
每一次英雄聚首
都开启祖国发展的新天地
一把镰刀和一柄锤头铸就的辉煌
是改革开放的浪潮
是一带一路的畅想
也是每一位华夏儿女的期盼
从南湖游船上启航的舵手
走过春夏秋冬
走过山高水长
点燃十四亿儿女的笑容
守护五十六个民族的灿烂
每一次举起的右手

都诠释着铁骨铮铮的忠诚
党旗下
那些惊天动地的呐喊
是继往开来
是改天换地
是中国速度
是中国力量
也是中国制造书写的奇迹!
一面旗帜散发的光芒
驱逐阴霾和黑暗
一个拳头接一个拳头的力量
打开 960 万平方公里的勃勃生机
“为共产主义事业奋斗终生!”
这响亮的誓言气壮山河
这响亮的呐喊
照亮一个又一个春天!
不忘初心，牢记使命
从祖国心脏传出的歌声
回响在希望的征途上
唱出了民族的幸福安康
唱出了祖国的繁荣昌盛
也唱出了万众一心、蓬勃向上的新时代!

群山怀想

胡玉燕

走在日落后的黄昏
向晚的暮色有着祥和安宁的美
沿着鸭绿江畔一路向西向北
夏风拂过柔美的江岸
漫山遍野的绿好像战士们的军装
烽火峥嵘的岁月早已远去
如今已被鸭绿江水反复冲洗
褪色为一帧黑白底色的画

头道沟河水流经群山脚下
裸露着暴紫青筋的肌肤
好像四保临江战役中
刚毅不屈的战士们的额头
顶着茫茫林海里的枪声
一路跋山涉险 精神抖擞地走过

眼前再次浮现东北民主联军的旗帜

零下三十多度的茫茫林海
战士们爬冰卧雪 忍饥挨冻
用鲜血和生命
一次次阻断敌人的进攻
必胜的信念像群山一样耸立
恶劣的生存环境
考验着他们钢铁般的意志
要知道那时他们也只是二十几岁
甚至十几岁的孩子啊
正值蓬勃的青春
每一秒都在与死神擦肩而过
虽然我没有参与他们的光辉岁月
但思绪却长久停留
在 1946 年 那个最寒冷的冬天

红色信号灯塔在群山之巅闪烁
似乎时刻提醒我 那里长眠着
无数英雄的魂灵
江边 路人行色匆匆
他们可曾注意到
一个此刻和群山相望的女子
因为无限怀想而不能自已因为不能自已而一次次举目
每一条沟壑 河流

每一座山峰 无不闪回着
战士们曾经年轻挺拔的身影

头道沟河因为深情诉说而哽咽
连绵群山是壮士们的英魂
紧紧环抱着我
鸭绿江抚平了岁月的创伤
重焕青春
壮怀激越的冲锋号穿越时空
在我心中再次吹响

父亲的党员证（外二首）

姜维彬

脑栓塞后，父亲的言语越来越少
说到领路人，眼睛一下子深了
七十三岁的父亲，饱含热泪
父亲入党的时候，祖国还不富裕
从队里会计到村医生，支书朱绍清
大小事情都事无巨细，落到实处
把党员证翻出来，凝视了一会儿
奔波、奉献，父亲映着霞光的旗帜

父亲的党员证，是一个红本子
红得接近历史，放在怀里、胸口上
仰望国旗，唱国歌，父亲的斧头
和镰刀，把力所能及的光热
输给了一头白发，父亲的党龄
这都是五十三年前的事了，年限搞错
党的生日一百年，没领到纪念章
也没向组织上提起，父亲和娘同一天过生

我乡下的祖国

姜维彬

草木温暖，我乡下的祖国
秘密更为琐碎，丝瓜开满花
进村的公交客车，也是很气派
脱贫攻坚后，那些孤寡老人
在故乡面前也是理直气壮的样子
青砖红瓦，更多的小平房
云朵一样，坐进和暖的阳光

我乡下的祖国，地名很小
北斗导航，也找不到我的老家
社里的广播，最有家国情怀
除了政策解读，还有文学欣赏
自来水、天然气开通了
稻草也禁止焚烧，没有了炊烟
槐子树那边，黄金菊遍布大地的忧伤

香樟树，有几十年树龄的经验

长这么高了，它都不落叶

抗战老兵石光仁，他想从台湾

回老家养老，至死都没达成愿望

我乡下的祖国，留守儿童同心陪伴

高粱和玉米地，同时炸开了

陈家嘴高铁大桥，盐井湾安步当车

村里来了东北女人

姜维彬

身体看起来很健壮，一开始
和她们说话交流，觉得有点生疏
从辽宁、吉林、黑龙江三省
过来的东北女人，她们的脸上
还有被冷风苦雨交替融解的痕迹
一段高铁路，几经生活的起伏
终于修到了村里，这儿的气候温暖
干起活儿来挺习惯，松花江太冷了
儿子和女儿都在佳木斯乡下

用丝巾捂住脸部，一天，每天
这恰恰是她们喜欢的样子
安全帽一朵接一朵，清点到落日
这手臂上旧伤，还有密密麻麻的小孔
做这打杂的活儿，差不多二十年了
丝巾红得透亮，笑容也是逐渐满面

东北女人，和村里的女人在一起

力量真大，浅白花样的颜色

等风来，把她们吹得清凉又好看

袁隆平，俯下身子就是一株稻（外一首）

刘凌军

你，俯下身子
低着头
弯着腰
身子像一株秋天里的稻
珍藏一位年迈父亲笨拙
而谙熟的身影
弯腰系着鞋带
弹落身上些许灰尘

你，俯下身子
在稻田里
就是千万株稻的一员
相互搀扶
不分彼此
若被狂风暴雨吹垮

你会拖着疲惫的身躯
默默站起
从头再来

你，俯下身子
在非洲、南美、西南亚
做一棵扶贫的稻
让那些饥寒交迫的人
挺起了腰杆
而你俯下的身影
是永远站立那里的人

联合大会上，你站着
做了一个又一个报告
领了一个又一个大奖
台下的人仰首
毕恭毕敬听你做报告
你，神情安然

2021 年 5 月 26 日，你
最后一次俯下
世上的人为你俯下
在他们心里，你永远立着

在我们心里

你依然是一株颗粒饱满的稻

俯下陪伴我们

林占熺，有几个好喊的名

刘凌军

你一生有几个名字
我们都记得
1943 年 12 月，你叫林占熺
这是你出生在福建
也是你户口簿和身份证上的名
当你研究菌草成功
大家都尊称你：
世界菌草技术之父
至今，人们仍叫你菌草

在宁夏对口支援扶贫
大家称你闽宁草
当你被习近平主席推荐给
巴布亚新几内亚
那里人叫你林草
当你出现在扶贫剧《山海情》
又成了凌一农

人出生总要有几个名字
一个是户口本上的
长辈们起的
一个是乳名，还是
长辈们起的
还有一个是绰号
大伙儿给起的
喊起来响亮

菌草，闽宁草
林草，凌一农
哪一个叫起来
都亲切，如乳名

用一束映山红为党的二十大起舞

马正凯

做不了山崖上的松柏
将铺天盖地的雪花扑倒
做不了竹笛
将春天里的兴高采烈全部
抽出

就做一束映山红
为党的二十大起舞，每一次呼吸
都掀起太行山沂蒙山大别山的心跳

让我的血液
被有五角星镰刀的红旗
捏出红玫瑰

为党的二十大起舞
一只开屏的孔雀是我

让你和我是一棵

靠着一棵的映山红

十万片竹叶

与一层又一层的山风

包不住我和你心跳里的红

衣袖把五百里的春风

卷起

长江黄河万里长城

还有天安门城楼

它们头顶的大星星小月亮

都被我的舞姿惊呆

一支舞

让我身后的万里河山

站起来

“旧卷尺”队长

赵焕明

向阳村的队长总爱带一把旧卷尺
比如村口那条通向县城的新水泥路
是他带着众乡亲
一尺一尺地测量出来的

队长的性格，虽然有些“大老粗”
但工作起来却粗中有细
尤其是在扶贫工作中
把赢得乡亲们信任的那把旧卷尺
时刻拿在手中

从村东头寡妇何翠姑的危房改建
到歪脖子柳旁黑山大叔的拆家搬迁
队长都要严格按照“三条红线”
一丝不苟地量面积

把亲戚的不理解测成了会心一笑

将朋友的怒目圆睁量成了握手言和
他说，手中的旧卷尺一头是政策
另一头是邻里之间的情感啊

如今，向阳村绿荫掩映中的小洋楼
已鳞次栉比，错落有致
队长有时候站在村口欣欣然地
拿着那把旧卷尺
对着天空吐一串烟圈

蓬溪书帖：蜀中赤城书岁华（组诗）

秦　风

中国红海，水与鱼跃起的歌唱

“它在一个膨胀的温度计中升起，
直触到了爱人的脚。”
嘉陵江在左，涪江在右
蓬溪，诞生于它们亘古的宠爱
大江南流东去，奔袭的河流是盆地
一次次的突围。而倔强的蓬溪
在远去之中，又不断地折回自己
仿佛有不忍舍去的家国与爱人
蓬溪，要有怎样的胸怀与气胆
敢把一座水库叫作，中国红海
海是归来的故人，沉静中泛起的回响
这响声，形成更远行走的海浪
内心的沸腾，便是蓬溪河流遍
蜀中山川田野的血脉
这血脉中，有铁马冰河踏过

有刀枪剑戟穿过，有镰刀斧头砍过
这片水域，白云是行船的帆
这片土地，阳光是庄稼的头颅
明月清风经过的万物，都向着梦想
生长。而这梦想，定会长成梦想
此刻的红海，仿佛是跃出水面的鱼
一个乐队激动不已的指挥者
瓜果遍地的秋日，用它来做梦吧
而这梦，正是一种色彩斑斓的歌唱
比起稻田，比起桑树，比起水鸟
再配上这些炊烟、暮色，以及村庄
鱼的歌唱，更是一种注目与致敬

赤城，耕读千年春秋与自己

“你们要修好黎明的引擎，
当我坐在我眼睛的边缘。”
越过山丘还是山丘，山丘吹着风的口哨
仿佛总有一种等候，恰似正在
翻阅的山川与岁月之书
每一处村庄，都是这片土地的
象形与注脚。多少个春秋
行走与奔跑的象形文字
点燃灯盏，提着自己与村庄夜行

风声，雨声，四季回荡
这山河不断风化的变迁
风雨中，春天又再次响起
一粒粒种子的读书声
犹如树叶与青草的火焰
再次返回它燃烧过的地方
永是这样负伤的麦芒的光
孤独地照耀赤城的山岗
劳动的成熟，就是把黏土变成手掌
伸进泥土最能繁殖的部分
伸入岩石，陶土，兽骨，青铜，钟鼎
铁具，竹简，布帛，纸张与肉体
伸入天地，与万物的深处与暗处
文字复归我，我们复归于万物
这样才能读懂大地之上
镰刀在它金属的运动方向
云朵与炊烟在它离开的悲悯之中
黑夜把别人用旧的脸从自己的脸上撕去
万物互为庄稼，相互耕种
彼此交换，意义与形象
早早省醒的蓬溪大地
把天地，耕种成自己的样子

洞经大乐，敲击灵与肉的金属声

“岁月登高，钟声正在弥补时间的漏洞。”
蓬溪，这片蜀中的圣地
山花向阳，宛若一尊佛
与众生交换拈花一笑
流水向东，千手的观音
转动每片田园内心的磨轮
蓬溪的先祖，始以万物作声
去寻找人间真善美的回音
发声的洞穴，敬天畏地
每种苦难，终是一首赞美诗的吟唱
一块石头，也会敞开金属的歌喉
筝、琶、管、钟、鼓、铙、钹
每一种乐器，都列队演奏成一个部落
民族与祖国，不屈、不挠，而不朽
我是这乐器的一种
一条河流与一个村庄的后代
撕开岁月与自己的伤口，祭祖与祈福
将我从梦中救起的是这心跳的
洞经之乐。蓬溪大乐使万物升华
像大地身上出轨的铁，轰然驶向
未来黄金的天空

二十四节气诗两首

涂玉国

1. 芒种

到了六月，锋锐的麦芒会刺破天空
大把的阳光倾泻下来，加速麦子的丰满
老家的父亲母亲开始忙碌起来
他们要把一年的期望割回去，囤起来
手里有粮，心中不慌，梦就绵长

带芒的稻子，早已露白，伸出根芽
等到麦收罢，一根根秧苗插下田
青蛙就有了歌唱舞台
白鹭就有了觅食之地
以后的日子，就会有另一种香气弥漫

点豆忙，栽苗忙，撒籽忙
种得越多，收获越多，越忙越开心
“地闲一季子，人闲一辈子。”

庄稼人不怕忙，怕闲，就像
忙了一辈子的父母亲，每天还在忙

2. 立秋

秋天，越来越立不住了
消失的河流，融化的雪山，洞穿的臭氧层
让秋天，越来越远，越来越慌
三伏夹一秋。夹在酷暑里
窝了一肚子火没有地方泄
只得趴在梧桐树下，自己揉揉肚子

蝉声越来越沙哑，它叫破了嗓子
只有稻谷高兴，正忙着灌浆
芝麻也高兴，正忙着合成养分
因为它们知道，露水和凉风正在路上
它们要赶着最后一拨热度
在内心蓄满阳光

阳光洒向更远的将来（外一首）

孙　捷

犹如春风拂面，大江南北
闪亮的波涛席卷冬日的阴霾
也提升了土地辽阔的愿景
道路的延伸将持续
深远的蔚蓝色中蕴藏更多闪电

旗帜高擎，这精神的引领
仿若贯穿一个世纪的主线
鲜红一直是一个民族的底色
善于从黑暗中汲取力量，善于
从艰难困苦中孕育光芒
这光芒穿过古老的城墙，穿过数千年
弥漫的硝烟，穿过冰封的史册
将沿途的群山依次照亮

世界在一个星球上旋转
阳光洒向更远的将来。更多的风云

还在涌动，更多的雷电仍在形成
更多齿轮在轰鸣，天空将开启更多的窗口
海浪中将竖起更多的桅杆

门在敞开，路在延伸，这是一个有别于
从前的世界，古老的河
在天地之间寻找与之共鸣的波澜

远行的船

孙　捷

百年不遇的洋流仿佛未来的召唤
夏日里，停泊在港湾中的船
在用海水擦拭钢铁的船舷
在为即将到来的远行描绘新的航线

当吃水线由浅入深，一条起锚的船
远离古老的堤岸，开始寻觅自己的港湾
风雨飘摇中她努力修正着航线
更广的水域中，有更多的鱼群

也有更多的考验，在大江南北纵横的支流中
船无数次面临倾覆之险，多少拉纤的手
摇橹的手，定格在抵达之前的黎明中
将他们的躯体植入那面昂扬的帆

梦想的旗帜上总有星辰闪烁
需要充满勇气和力量的手臂举过头顶

面临出海口的风浪，两种颜色的波涛的交融
犹如信仰的碰撞，更多暗流沉在水底

远行的船用一个酝酿已久的转折回答了
所有关于未来的疑问，在漫长的征途上
理想都是这样一点点被描绘并建立起来的
从一条船开始的事业，始终顺应流水的走向
没有人能看到她的终点

塞罕坝礼赞

李俊海

在燕山的北面有一片翡翠般的宝地，
她有一个诗一样的名字——塞罕坝。
50 年前一群追梦人披荆斩棘，
造就了一片海一样的树和海一样的花。
百万亩波涛托着太阳和月亮一起入梦，
荒原变绿洲的故事让全世界一起惊诧！
啊，塞罕坝，一个世纪的传奇，
一个战天斗地的故事激励华夏！

塞罕坝，远没有想象中的浪漫，
到处是不醒的冻土和狂虐的风沙。
难道是追梦人憧憬那高原风情，
还是想印证祖先那逝去的金戈铁马？
即便在皇脉福地也寻不回那份前世因缘，
“肄武绥藩”与“木兰秋狝”只是强者的家法。
哦，高原和星辰为勇士们做证，
他们心里只装着一个国家！

很难想象拓荒者四季是怎样的艰辛，
栽活一棵树如同生产一个娃娃。
与天斗与地斗初心不改，
兄弟姊妹父子夫妻战荒原传为佳话。
寸心温暖中树儿一寸一寸地拔高，
片刻守护下绿色成片成片地扩大。
大漠之上演绎出一种波澜壮阔，
绿海如涛冲浪天涯！

啊，我心中的塞罕坝，
你的壮美凝聚几代人的苦乐年华。
秋天的金红是你们心和血的亮相，
春天的绚丽因你们而灿若烟霞。
没有一种树木被誉为旷世的丰碑，
没有一种功勋比奉献青春更伟大！
其实，人与树都是一种永恒的精神，
筚路蓝缕，只为使命执着播撒。

改造后的小区，成了开满花骨朵儿的剧场（二首）

罗爱玉

夕阳翻过了栅栏。红彤彤的晚霞
铺满了天空
蜷着手晒太阳，或练声，喜悦爬上脸颊的几个老者
胡须也是金灿灿的

双腿截肢的冯叔自己摇着轮椅
出来了。57 岁的老伴儿，天没亮
就已忙碌开，洗衣
做饭，守着小卖部，一把硬骨头与生活较着劲

小区的坑坑洼洼被修葺一新。悬在头顶
挂在角落的电线
波动的影子，已不见。好几年没出门
面色苍白的冯叔终于可以自己坐在轮椅上
兴奋地溜达，聊天

蹲在一排木椅上的鸟，像是乐器上的几只音符
小区，成了开满花骨朵儿的剧场

一个个改造后的小区，更似
画廊，是窗口
夜色多么的辽阔
小孩在轮滑，大妈跳起了老年舞
我想轻轻画上一笔，让一群戴安全帽
汗水湿透衣衫的
住建人，从窗口，缓缓而过

如果你来浮缨巷，请让感动的目光尽量偏一度

罗爱玉

一条很窄的巷子，细的地方像鱼肠
却装满了温暖的故事。文武超市，电器修理
凌晨，过早店里有了灯光
小巷子也就热闹了起来
上班的，买菜的，遛狗的，人在平坦洁净的马路上，穿行

三三两两的笑声把祥和，茶一样
泡开，弥漫着。欢天喜地的故事在上演
就连花喜鹊，也叽叽喳喳
那乱搭乱建的棚子，臭气熏天的水沟
都被藏哪儿了，时光像个魔术师
锈迹斑斑的铁门换成了
智能刷脸系统，小区院里跑步的、拉伸的
健身设备，像一匹匹绿色的小马驹蹦了出来

住在一楼的王奶奶瘪着的嘴更是喜得合不拢：
党的政策好啊，这要不是老旧小区改造
白天我哪敢打开窗户
五楼的李嫂面如桃花：小区里环境变美
我下晚班回家再不怕崴脚了

巷子口下象棋的，喝石膏粉的
也醉了。月亮，是虚设的一个高脚杯
凉拌的暑夏，遮掩不住一片片树叶的敬慕之情
如果你也来浮缨巷，请在一只花喜鹊抱着
另一只花喜鹊的脚，安静作画的时候
请让感动的目光尽量偏一度，那迸溅的
赞誉和泪花，会把窄窄的巷子，弄出些动静

花坛边，树影摇曳。你最好只假装一个醉酒的人
恰好路过。焕然一新的巷口
也许等待的
只是一段故事，或是一群群大汗淋漓的住建人
让故事，泛起波澜的风

废墟上的青草

赵　成

从废墟里站起，撞破瓦砾的
封堵
我所看到的绿意，将自己编组成
一支没有休止的战队
它们突破贫瘠，从缝隙到坡顶
发起一次次抢夺高地的冲锋

可以想见它们前赴后继以及倒下的模样
这常常让我热泪盈眶

倔强坚忍的样子像极我的父辈，他们
赤着脚开垦、播种
率领每一粒种子，高举起绿色大旗
攻克千山万水之后，又在初春
吹响新一轮乡村振兴的号角

刻写在甲骨、青铜与竹简上的家园（外一首）

王雪岩

沿着遗存在甲骨、青铜与竹简上蜿蜒曲折的路
找到古老的根脉
找到一条大河的源头与流向
这些汉字，铺开祖居的山坡
低矮的房舍没入草丛。兽皮蔽体的祖先
河边取土，烧造陶器
顺手把那块月牙的银镰，挂在半空
采集成熟的浆果，用来酿酒
点起一支松明，从五千年前
噼噼啪啪燃烧至今

沿着这蜿蜒曲折的路，走出羊群
那些绵软的叫声，为冬夜增加了暖意
划着羊皮筏子的祖先，渡过命运的急流险滩
打磨一根竹杖，登一座座高山

一次次站在峰峦之上，浏览天下风云
山腰处，祖传的一座老屋
后院几架豆角、丝瓜，前庭一畦菊花
打理花花草草，使每一个颂词
有了浓厚的感情色彩
山下是一吐为快的长河，浩荡千里
辚辚车辇驶过，史书的章节就此有了一次次
惊雷卷地的感喟
从这些汉字的遗址中，我们翻找出
一沓沉甸甸的旧事以及仍如种子般鲜嫩的心愿

甲骨、青铜与竹简上的这些汉字里
有千军万马，横扫荒寂的旷野与大漠
它们是稻粒，是梁祝的花朵
芬芳了我们生生不息的爱情
它们是飞天的传说与现实，刻写下
神奇而瑰丽的轨迹

白开水

王雪岩

我们的爱，最初具有咖啡的成分
氤氲着诱人的香气和一定的酸度
小口小口细品，还有一丝丝苦涩带来的
煎熬与折磨，恰到好处

陷进情网，我们开始埋头酿酒
一心一意调制情感的浓度
让热恋的酒精度不断加大
我们渐入佳境，沉醉其中
把红尘滚滚的人间，遗忘在爱情之外

多年之后，我们容忍了彼此的顽疾
习惯坐在一支散淡的旋律间
将春秋冲泡成一壶茶
取一枚星星打制成茶匙，轻轻搅动
心底泛起使日子微微倾斜的春澜

更多的时候，我们开始熬粥
小米粥，白米粥，八宝粥
用来营养喜怒哀乐的庸常人生
我们就此有了力气，以一钵月色
润饰着情感

如今，我们日日喜欢饮白开水
不再人为往里加糖，去增加甜蜜
沸腾过后的热度，也看似低了许多
它纯净透明，清淡无味
像一条潺潺流淌的小溪
将我们的心田过滤得少有灰尘与锈迹

瞧我们面前的这杯白开水多么平静
从屋檐上滑落的鸟鸣
溅入几滴。我们的爱
浅浅淡淡，清澈见底

木棉辞

郑安江

一

站在木棉树的浓荫里，闭着双眼
感受、构思与遐想。在高处
那些灿烂、明亮的事物
轮廓清晰地浮凸于尘埃之中
袅袅暖意直抵心头

纵使夜晚，也有一簇簇尚未燃尽的火苗
迎风跳跃。诠释和修辞已失去意义
红彤彤的色彩所象征的内涵，超越了
木棉属落叶大乔木本身的概念

窸窸窣窣地摇曳，筛落阳光布满心田
灿烂的、明亮的意境辽阔无边

二

生命，是一场火势旺盛的怒放与燃烧
打开天空，让所有的星斗接受木棉的映照
黑暗全线溃退
每一道遒劲的笔画，在以太阳的名义
书写与镌刻

必须甄选那些经过淬炼的词语，来呈现
它的表现力。深邃的、骨骼坚硬的意志
与它有着一致的品格

唯一的加冕方式，是接受
太阳为它编织的皇冠。我们都努力
与光芒万丈的爱，并肩站在一起

三

就算我们是草木，也努力做一株
草木中的红棉
在开花的日子，向那些空洞的眼眸
馈赠绚烂的向往

让一块煤和黑铁的沉默，同时泛出光芒

让一条大河的流淌，被朝晖与晚霞深化
让一颗心苦苦追觅的探究，在一朵木棉面前
找到答案

跟随木棉花找到坚韧跋涉的去向
跟随木棉花，回到
精神的原乡

另类纤夫（外一首）

汪再兴

电厂是船
铁塔是帆
银线是悠悠的纤绳
变电站是爱的彼岸

妹妹坐船舷
哥哥空中颠
阳光和月光交替闪闪
扑哧，黑暗笑开了脸

夸父追着太阳在不停地转
你拉着银线走过一座又一座山
当歌厅的舞曲震亮城市的夜晚
另类的你，才，风尘仆仆赶来

树，及其高度

汪再兴

一年树谷，十年树木？
扳手和螺栓满不在乎
我们三天成塔一座
十天成树一丛
半月就让铁树排好队伍
一座铁塔是电网的一足
两座铁塔就是银线的一步
它们走啊走，半年后
荒野就看到城市的万家灯火

木秀于林，风必摧之？
森林中升起海拔新的刻度
鹤飞过，它是最高傲的一棵
它们的兄弟挺拔着山脊的起伏
赤着脚，壮丽了蜿蜒的河谷
烈日下凸现出雄性冷酷的风度
冰封天更坚挺着壮汉不屈的风骨

即使霜霰雨雪，也视若无睹
狂躁的风自然徒呼奈何

工作的工地和命运
虽然无法固定
但一棵树生长的高度
由我们的追求决定
一座铁塔要站立多久
由我们的使命决定
我们种下一棵棵高大的树
种下一个个光明的中国梦
而梦，总有开花结果的时候

乡村的天空

张增伟

现在的大兴，乡村与城镇没有明显的界线
道路是畅通的
花朵与花朵之间也有亲属关系
乡村人与城镇人对换身份，已经不是秘密
天空中的云朵自由往来
把瓦蓝当幕布
用肢体语言演绎无声的剧目

倒退到几年前，燃煤运往乡村
冬日的天空就会被隔离成乡村的天空
与城镇的天空，泾渭分明
云朵也分成两派：污衣派与净衣派
扬尘、挥发性有机物也会开启一段并不寂寞的旅程
与灰蒙蒙的天空会合
侵占灿烂空气的疆域

现在的大兴，正在一张白纸上勾勒乡村

色彩斑斓与细腻的描述

调配出振兴的词牌

天空下的劳动人都把梦境付诸现实

他们在搭建一架梯子，攀爬在云朵上

把生活中的碎片与隐匿的细节都变成风景

建设乡村，也是一种艺术

输电塔之歌

刘长有

一

我该怎样形容如此的相遇
当我的热情与你的冷峻碰撞
我的仰视在晃动中平衡、站稳
任你的高度突破我镜头的局限
退进你脚下一株葱郁的青草
共同去聆听四季轮回的脚步

二

在铁质的语境里
不同的铁放弃了独立的个性
以不同的身形互相咬合
在三角形的力学交错中
进入塔的逻辑，用稳定与支撑
不断抬升信仰的高度

三

托举起夜色的穹顶
也搁浅着夜色
你把火的图腾投放在夜的深处
让夜晚挣脱了黑暗的束缚
走在亮处的时间获得新的质感
你早已不仅仅在释放着光明

四

平凡中放弃了烦琐的虚名
简单到只有一个队列中的编号
风雨中的铭牌像一枚鼓励的奖章
安然站在路径的承接处
静静消化着寒暑间传导出的张力
举起东方白鹳南北迁徙时记忆的路标

五

在看似孤独中忘却了孤独
月光的手指在你的琴弦倾情弹出
内心的交响，再望一眼远处渐次
亮起的灯火，温暖中你又挺直了腰身
而此时我已经成为一段崭新的塔材
加入你铮铮作响的骨架

一度电的履历

刘长有

当我不再是一身煤的粉尘
新的身份像草原森林渲染春天一样
我会填上心慰的原籍
在长江，在金沙江，在雅砻江
湍急的水花绽开着我奔流的秉性
在秦山，在大亚湾，在红沿河
轻水反应堆在悄悄传递澎湃的乡音
在鄂尔多斯，在松嫩平原
也在粤东南海海面的风车上
转动的叶片制造我永不静止的基因

我还有更年轻的故乡
在一片庄稼院的房顶
成排的硅片让旺盛的阳光
在勤劳的晶体里获得新的使命
我在那里苏醒，亿万个活跃的细胞
携带脱贫致富的种子纷纷上路

穿过春天，穿过青纱帐
汇成浩荡的队列，抵达金色的秋天

更多的时候，我以光的身份
来到你的身边
你会看到我伏在港珠澳大桥的肩头
与伶仃洋一起聆听白海豚婴儿一样的歌唱
有时我是青藏铁路的一处信号
指引着一列窗口泊进高海拔的风景
在浩瀚无垠的星空
我眨动天宫与北斗对望的眼睛
当我贴近一树桃花，灯火阑珊处
攫取烟火气息里的对话与拥抱
不仅仅陪伴一个个劳作的夜晚
也在凝眉时，把梦与思念带到远方

当我绽开父辈的焊花
组合出更强的交会承接四方的拉力
那时，我会站在立交桥上
陶醉于一座城市的车水马龙
有时我进入黑褐色的矿石内部
用最大的热情唤醒沉睡的分子
还原出稀土的贵重，铜的洪亮以及

铁的硬朗
这时，你已看不见我的身影
每一块金属都印有我火花样的指纹

有时我随一列复兴号风驰电掣
汽笛里的山峦起伏着追赶的身影
有时我隐身在纳米级的芯片
驱动更大规模的逻辑快速运算
有时，我仅点亮一方 7 英寸的屏幕
看你在指间滑动出精彩的瞬间
这时，我屏住了呼吸
你甚至无法触摸到我的心跳

我也有长途跋涉的经历
走下西北高坡上民歌的辽阔
走出西南山岭间雾岚缠绕的迷蒙
搭乘属于我的高速公路
快乐扑进东南沿海等待的负荷
加速每一条生产线磅礴的引擎
有时我是可搬运的固体
此时我已经化身为安静的锂离子
等待召唤，按照需要的口径
放弃曾经的律动，恒定平稳地析出

我的身形随时融入不同的马达
启动有声和无声的运转
随着平滑的波形，走进时间的深处
和你一起认领更多的秘境与剧情

当我作为计量的单位
不断换算出一片绿叶的呼吸
也在累积你笑声里的甜蜜
登上年轮与时令的高处
我看到你手捧诗集，或者走在故乡的路上
月台上你在等候一列火车的到来
或者正把一张图片分享到网上
而我丰富的履历里一定有你
作为不同时段的证明人
我要工整而恭敬地写下你的名字
用山川与河流的方式彼此铭记

雷的另一种语言（外一首）

姚　瑶

人世间，真正的寂寞有不少
正如此刻，我的寂寞来自雷声之后
大面积的死寂。雷的另一种语言
或许属于孤独

在月亮山，海拔 1490 米的主峰
群山随雾霭抬升或下降
天地间小得只在我的视线范围
孤独以决绝的方式进入
无数星星在我头上闪烁
夜晚安静下来，我听见星星
在窃窃私语，一颗、两颗、无数颗……
它们在我身上跳跃

为了节约往返供电所时间
那　夜，我们选择在老乡吊脚楼下
就地露营，这样的夜里

谁也想不到会有一记响雷
乌云大作，群星消隐
闪电间，我看见一只兔子
它在窗外不远处，矜持地盯着我
眼睛通红，写满落寞

雷声过后大面积的死寂
我像一块漆黑如铁的石头
端坐山顶，沦陷亘古的沉默之中
或许，雷的另一种语言
属于一度孤独的电
长途跋涉而来

空中抢修

姚　瑶

他们在百米高的铁塔上抢修
像几只蚂蚁在蓝天里忙碌
赶在天黑之前，更换被雷击破损的瓷瓶
他们身上拴着安全带
如同捆绑严严实实的粽子
在太阳底下，接受近 40 摄氏度的煎烤
汗如雨下

向往太阳最高处
他们一寸一寸艰难往上爬
无限接近太阳，接近热
抬头是浩瀚蓝天
低头是辽阔大地

夕阳西下，他们身上镀满了霞光
更换完最后一只瓷瓶
环顾苍茫山野

遥远处已升起一缕缕炊烟

鸡犬相鸣，灯火渐次亮起来

照见璀璨、温暖的人间

一名电力工人唱给祖国的歌

蒲素平

一

如果说高，我选择铁塔
如果说坚硬，我选择钢铁
如同 100 年前，人民选择了南湖的一只红船
把沉睡的中国叫醒

如果说能源，我选择电
如果说明亮，我选择光
如同 94 年前，南昌城燃起熊熊火把
照亮了中国的进程

今天，中国创造、中国引领已大步向前
我们立起了高耸入云的铁塔，让视野
开阔的更加开阔，让坚硬的铁
吸附于中国，这块巨大的吸铁石上

二

我站在百米铁塔上仰望祖国
仰望你钢铁的坚强
梦想的荣光

在山西、在河北、在内蒙古……
在祖国地图上无数的地方
有人挖煤，燃烧发电
有人架设铁塔
输送电，点亮亿万灯盏
这电，化成了光
这光，有着无限的意义
和想象

当一束光，以电的形式完成
当一束光，聚焦在鲜红的旗帜上
“构建人类命运共同体”
这敦厚语调，传达出中国坚定的声音
14 亿人像 14 亿朵花
在中国这块古老的土地上绽放

三

作为一个奔走在工地上的电力工人

多年来，我组立过无数的铁塔

铁塔像春天的杨树越长越高

30 米，48 米，87 米，230 米……

常年手握角铁，身体和角铁黏成了一体

想一想，没有什么比铁塔更执着了

把脚深入地下、岩石内，并浇铸上混凝土

填上泥土，用生命之力夯实

铁塔的力量就成了大地的力量

就能扛起百吨、千吨重的导线和责任

从南到北，从西到东

见山过山，见水涉水，见人群越过头顶

与云朵一个高度

高高站在时间之上

铁塔其实只是一个通道

运送身体里的电和光芒

就像工地上劳动的人

每时每刻忙个不停

遇到困难，从不言放弃

遇到坎坷，大步跨过

一基铁塔已不再是单纯角铁螺丝的组合体

甚至不再是铁塔自己

更是一种精神

一种运送光芒的精神

一种迎风高举的旗帜

四

作为一个电力工人，我要

去巡视，去查看万里江山美好画卷中

输变电设备运行的姿势

我去送电，把电送到生活中

让生活的细节化成光芒

在岁月的头顶灿烂

我去检修，把铁塔、导线、端子排

这些大工业深处的名字

像农事中的小麦、玉米、高粱一样

生出审美之美

把那些绿色的、红色的、黄色的植物

叫成亲人的名字，爱人的昵称

至于我黑亮的脸，至于日出了，日落了

至于我弯下的腰，接近了天空，又被

风吹得更弯

这些都是我，一个电力工人

得到的人生荣光

我登高，在铁塔之上

歌唱山河、星辰和伟大祖国

五

当春风吹开了黎明
当炼钢炉缓缓启动
当一块钢锭露出崭新的笑容
当一根根角铁走出工厂装上火车
作为一名组塔架线的电力工人，我
已经走向工地，在劳动中
学习咬紧牙齿
坚持着用一个个具体的行动
去一点一点把自己的品质
向钢铁的品质靠拢
铁锤的硬度就是我的硬度
镰刀的锋利就是我的光芒

在繁忙的电力建设工地上
以角铁的姿态，我说出的每一句话
做出的每一个举动，都硬比钢铁
立可撑天，卧可抚地
我一边在身体里长更多的钢铁
一边又把这些钢铁一遍又一遍锻造
像锻造生活
像高高的铁塔，从腿脚到身体

从脊柱到头颅
都是钢铁
一敲，都发出大鼓镗镗之音

六

站在铁塔之上，仰望祖国
每天都是新的高度，蓝色的海水拥抱着天空
一万匹骏马在千米之上奔腾
东风，正在大地上飞
把一座座威武的铁塔
吹成一首击掌而歌的诗篇
在中国大地上，一页一页，一行一行
缓缓展开

花开半夏

薛红珍

花开半夏

是花儿就安静地开放，是秋实就慢慢地红
唯独半夏，在泥土下孕育精华

若不是赶上半夏成熟时
在汪川
已经很难看到这么多人一畦一畦地排开
精神专注地干同一件事
五颜六色的头巾包裹了头
分不清男人和女人，老者和少年

拱手把春天种在这里
心里祈祷着“芝麻开门吧”
汗水几经徘徊，一步又踏进收获的门槛
不必藏匿于泥土的更深处
季节，总是有点迫不及待

因为，收购的车辆就在不远处

云商、电商、药商
三点一线连
未曾擦拂半夏身上的泥土
恩宠的翅膀已经加于两肋
深加工后的脱胎换骨未失本性
消肿止痛、活血化瘀，泽润四方

雨水勤，土地湿
半夏赶上了好机遇
好收成，从土地深处不断抵达和涌现
有人开始谋划下一个丰收的出口在哪儿
思想在机遇之前，飞翔总在主旋律之外

苹果熟了

车轮犹如船桨，划进清秋的海
路旁的格桑和野菊
满足于苹果诞下的清香
漾起羡慕的眼波
秋天的某个细节正悬挂于枝头

万家庄是有名的苹果基地

此刻，这些果树正用轮回的光阴
秘密地燃烧，凝出奇异的幻境

思维与科技
是促成脱贫的风火轮
难怪路遇的果农喜笑颜开
今年苹果好价钱
伸出剪刀手的他们自豪说
苹果整园子卖

果农，果商，果园
他们彼此的笑容枝繁叶茂
风云际会，把最美的呈现
时光以静态吐纳
欢喜是复数，收入是叠加

许多早熟的果子
耐不住风雨的侵袭
静静地躺在树下
或许它会随鸟兽在别处开花
或许它依旧会深埋于母树
轻轻咳一声，依然化作来年繁花三千

我突然想起汉朝“文景之治”
国库的穿钱麻线断了
钱币散落在各个角落

第四个丰收节

风从八方赶来
枯与黄开始层次分明
小麦、玉米、稻谷、大豆
在古老的大地上获得了新生
南风北借，织梦成网，点石成金
将喜悦放大是有了新的增长点
有什么比丰收更牵动人心

科学管理使土地高倍释放自身能量
南瓜黄袍加身，辣椒浓烈示人
丰富的、优质的、新鲜的都粉墨登场
奇异的旅程才刚刚开始
华丽的转身后是舌尖上的留恋

丰收是一只蹑足而来的花豹
满身的花纹从云朵上裁出
跃过急湍河流
经过开花的栅栏……

是该卸掉身体重量的时候了
蘑菇从菌里婷婷站出
急于展示的果子，已经砸中土地的心脏
成熟的战栗又归于四野的平静
轻轻咬下一口苹果，不及回味它的清甜

绮丽的梦幻成绮丽的景
看着、分享着
就快要勒不住这欢喜的缰绳

热　爱

——喜迎二十大，建功新时代抒怀

徐英茹

一

如果好的东西都埋在了地下
如果肺腑里还汹涌着一团火
如果六月的阳光像一场革命
如果我们正步履坚定地走进新时代
那么，四十多载的风雨历程
在历经了无数汗水的洗礼之后
我将以怎样干净的言辞
来记录你不朽的存在？
鲜花与荆棘的映衬
失望与希望的对白
艳阳与风雨的交织
坦途与坎坷的衔接……
一切的一切，都将在今天，在未来
化为沁人心脾的喜悦

二

好吧，在六月

一切生长的都在茁壮

一切盛开的都在热烈

时代的盛宴已经徐徐开启

平庄煤业

该怎样捧着金灿灿的硕果

去书写独属于自己的浓墨重彩？

从疮痍满目到科学布局

从简挖陋掘到规划开采

从观念转变到绿色发展

从爱才重才到人文关怀，一块煤，一方寸土

就已经论证了我无以复加的热爱

三

六月到底是一个怎样的季节？

六月，我只想肆无忌惮地挥霍我的喜悦

李白的六月是唐朝

我的六月是现在

即使李白饮尽了唐王酒

他也不会明白

我面对着万顷煤层时

那种国王般的骄傲和喜悦
他还不明白
其实对未来的真正慷慨
是把一切奉献给现在

四

也许，我需要记住的
绝不仅仅只是一个季节
六月在风中起舞
命令我去邂逅花开
今日，天空晴好，可邀舞
来日方长的
一定是你用汗水奋斗过的精彩和热爱
但我的困惑是
如何用灵动的汉字
把我的热爱写成一场著名的热爱？

五

当翅膀忽略了黄昏
梦就有了详细的情节
当双足踏入了煤层
我就感知了敬畏的存在
这十里黝黑的煤层

她有呼吸，有生命，有灵魂，有细节
挖开了之后，她是骨骼
静穆的时候，她是血脉

六

六月，即使是黄昏，也这么可爱
所有的美好都如约而至
所有的舒心都不请自来
流动的乌金
是向二十大献礼的缎带
轰鸣的马达
是我们建功新时代的舞台
夕阳西下
一抹吉祥的光
悄悄地划过了燕山余脉

起风了

周海霞

起风了，
流淌的空气轻轻飞旋，
风向标动了，
风杯飞转。
其实不是风，
是跳跃的脚步，舞动的青春，
是初心之火，信仰之光，
为逐梦之路点亮星星之火。
起风了，
翻滚的浪花呼啸而来，
我拽着你，
举步维艰。
咆哮，撕扯，扭曲，
你在我手中挣扎。
向风而行，
是你的使命。
终于，

我松开了双手。

风在翻滚，

托着你欢腾而上。

是风，

在南海的上空，

在天际间，

与你建立了紧密联系。

其实不是风，

是激昂的旋律，振奋的歌词，

是锲而不舍的轨迹，理想绽放的绚丽，

为时代写下的生动注脚。

榄仁树的守护

周海霞

在海军收复西沙群岛纪念碑旁，
伫立着一棵青翠的榄仁树。
他伸出粗壮的臂膀，
挡住了泼天的烈日炙烤，
拦住了扑面的沉重湿气。
只留圈圈间隙，
收纳夕阳的束束金光，
来回报烈士鲜血染红的暖意。
76 年，光阴荏苒，
台风，暴雨，寒冷，
无数风雨狠命摔打树枝、剥离树叶。
他抗争、挣脱，
风雨过后，
他依然挺立在那里……

泥瓦匠：在脚手架上誊写祖国

孙凤山

写到农民工，你是绕不过去的高峰
一把瓦刀，注册新世纪高楼大厦
用传统的加法，从一层层长高的时光里
垒砌江山筋骨与心跳，让祖国的春天
在钢筋混凝土中拔节茂盛的高度
都市广场、居民区、商务区、新城
每一座建筑都有脚手架拔节的声音
一缕乡音在徘徊，长眠着一把瓦刀的相思
被风雨侵蚀的缝隙里，还夹着一粒打桩机的怒吼
回响奠基礼上铁锹的开心。而另一端地头
一壶老茶守着一盒没拆封的卷烟发呆

工作服上尽是泥点、油漆和无奈
您牵着脚手架往上爬，一遍遍掏空自己
却把建筑业高度抬高三分。鼓鼓的肌肉
凝聚力无边的混凝土的内心都很深
饱含深情的楼板与快乐的砖石，与春风拌和

被月光一口口咽下。叹息声斑驳落下
被手机偷窥。月光依稀、打桩机喘息
预制件各就各位，脚手架与你一起向上攀登
把高楼大厦，像插秧一样插进建设项目里
与天空无缝对接，为祖国强健体魄
你举起瓦刀，像阅卷老师一样
在竣工验收的横幅上，重重地打了一个勾

亲近日月星辰不必登高
不必动用一幢幢大楼封顶的储备
瓦刀飞舞，将山河砌牢，将人民垒高
一级台阶是苍生，一级台阶是实力的脊背
一级台阶是民心向往，联袂向美好生活报告
城市化进程，刚好放得下一片大好河山
城市规划与民生福祉在项目里开花
脚手架拔节的国富民强在林立的大楼中升华
瓦刀所指，是一层层朴实的民间
当钢筋混凝土凝固坚强的意志与瓦刀的历史
沿着龙蟠虬结纷繁的脉络，在蔓延的根系
探寻江山的博大精深，在丛生的项目里欢聚
浩瀚的拔节像洁净的体温与粗糙的手势
像一座城的索引和固化的时态
沿着竣工的喜悦像阅卷老师一样自豪和欣慰

汗水还在涨潮，乡音无眠，醇化了风霜雨雪
萃取楼板、砖墙的内核，又像白云
被比肩继踵的高度反复提炼、焙烧、总结、固化
此刻，工具包里没有饮料，也没有诗
几个馒头，像思念一样硬邦邦的
您情不自禁打开手机，问候一下远方
有时思念像遗弃在晒场的糟糠，月光替补
养育生灵的桑树仍在院落里挺立孤独
你摸了摸孕育了好长时间的话语
一直把遥远的距离，摸得生疼。风是崭新的遥望

筋骨坚挺，虚脱的喘息让砖石重新回到脊梁
这些最初的生命体征，就像阳光一样反照城市乡村
我在低处，喊出月色里的故乡明
看见了汗水流淌的模样，叙事比抒情更令人折服
甚至也看清了风声一阵紧似一阵
我只看清了您的半边脸和拔节的乡音、颂词
但我却看到了城市的全部。星星都在下凡
向新的天空攀登。和风紧跟在你的身后

敲响我的立场

张鸿飞

零点的铁路编组场
制动力咬紧车辆运行的热浪
也咬紧我的思想，瞬间
我睁圆了火眼金睛
径直深入铁与铁的合围
钻、跨、探，再钻、再跨、再探。因为执着
我与铁销、杠杆、安全阀……
众多钢铁兄弟共享着安全成果

人和货物的位移，是多么职业的说法
多少年来，我以火车的速度
从一个青春奔向另一个青春
不分昼夜地，向万物覆盖温馨和安全
我在车列的第十节和第十一节的车钩连接处
画下月亮的阴晴圆缺
画下远方的回响，和云的漂泊

我热衷于探讨动词的营养学
每修理过一节火车，就补充一遍体力
一颗心贴在两条窄窄的钢轨间
敲出内心的一片辽阔

我也是党徽上的那只铁锤
我在一步一弯腰的检修中
全身心与工作面融合
红色基因在重载铁路线上喷薄
火车感动于我钢铁的简历
一定把我这小小检点锤的信心和立场
及时准确地向一个站点又一个站点传播

赞电解人

张建峰

面对炽热，挺起宽大的胸膛，
火红的阳极，映在微笑的脸上，
手中的大钩，搅动电解人的血液，
一双双发亮的眼睛，紧盯着电解人的温度。
一路小跑，追赶电压的起伏，
弹奏多变的曲线，唱响精准的音符。
关注异常刻不容缓，
平稳、高效压倒一切。
寒暑轮转，离不开与我为伍的电解槽，
昼夜更替，守护着钢铁的朋友。
洁白的铝粉不停地进入槽内，
化为一块块银色的铝锭，
顺脸流淌的汗水有了回馈，
干了又湿，湿了又干的工作服找到了诠释。
标准的车轮驱动我前行的脚步，
坚持的追求是我生生不息的脉搏。
电解人的呼喊是责任，

电解人的行动是产品。

党，吹响号角，

矢志不渝地跟定，

大步向前地迈进，

明天的太阳更加灿烂。

镇海新城　完美孕育和呈现

李龙江

被灯光镀亮的高楼 街道与箭港湖
在夜晚中显得格外生动
曾经是荒田 棚户 破旧工厂
十年运转 一座新城就此崛起

不仅入驻区府 各类企业总部大楼
更有居民小区 商场如雨后春笋
宁波植物园以及公园健康游步道
环绕其间 构成生态的诗意

如果文化的氛围 是城市的质感
那么大剧院 图书馆就应运而生
新城的灵魂 在于日新月异
市民广场的夜晚 人们舞动着活力

在一个时代之上 春天正在醒来
家乡的存在 不仅仅是一个街道

她所能扮演的创新孵化角色
是镇海新城的完美孕育和呈现

改革释放出镇海内核的精神
更有宁波帮的传承 必是力量所至
先行先试劲头 激荡在这片热土
正如大江大河般曲折而又精彩